평행세계 속의 먼치킨 12

2024년 1월 8일 초판 1쇄 인쇄
2024년 1월 11일 초판 1쇄 발행

지은이 운천룡
발행인 김관영

기획 이기헌 왕소현 임동관 박경무 강민구 조익현
책임편집 주현진
마케팅지원 이원선

발행처 (주)로크미디어
출판등록 2003년 3월 24일
주소 서울시 마포구 마포대로 45 일진빌딩 6층
Tel (02)3273-5135 **Fax** (02)3273-5134
홈페이지 rokmedia.com **E-mail** rokmedia@empas.com

© 운천룡, 2023

값 9,000원

ISBN 979-11-408-1902-7 (12권)
ISBN 979-11-408-0705-5 04810 (세트)

평행세계 먼치 속의 킨

운천룡 퓨전 판타지 장편소설

CONTENTS

1장

미국 같은 경우는 새로 탄생한 초인들이 미국의 정계를 정복해 버렸고, 그와 동시에 강영웅과 한국을 적극 지지한다고 선언했다.

그들을 막을 수 있는 유일한 수단인 고르고스가 전부 파괴되었기에 막을 방법이 없었다.

고르고스가 이들에게 치명적이라는 것을 눈치챈 영웅이 전부 없애 버린 것이다.

수많은 미국 국민도 더는 이런 말도 안 되는 싸움을 원치 않았기에 적극적으로 동조했다.

결국 미국 정부가 자신들의 잘못을 인정하고 한국 정부에 사과하며 일은 마무리되었다.

그와 동시에 한국이 개발하는 기술에 대해 미국은 지지한 다고 선언했다.

유럽도 마찬가지였다.

잘못을 뉘우치고 자신들도 한국을 적극적으로 지원하겠다 고 나선 것이다.

유럽 초인들 역시 강영웅을 지구의 진정한 히어로라고 치 켜세웠다.

비록 영웅에게 극한의 고통을 당했지만, 나중에 말끔히 치 료를 해 줬고 그로 인해 자신들의 삐뚤어진 마음도 바로잡을 수 있었다.

리스토어에 섞여 있는 정화의 기운 덕분이었지만, 그걸 모 르는 이들은 그저 영웅이 자신들을 갱생시켜 준 것이라고 생 각했다.

이렇게 자신이 없는 동안 혼란에 빠졌던 지구를 원상태로 돌려놓은 영웅.

그는 그래도 마음이 놓이지 않았는지, 한국 영토에 석유를 매장할 뿐 아니라 온갖 필요한 자원들을 곳곳에 매장하고는 정부에 그 위치를 정확하게 알려 주었다.

자원 때문에 눈치 보지 말고 부족하면 더 말하라는 말과 함께 말이다.

부족하면 더 말하라니.

마치 밥이 부족하면 더 줄 테니 말하라는 것처럼 쉽게 말하고 있었다.

사라졌다 다시 나타난 영웅은 전보다 더 사기적인 존재가 되어 있었다.

대통령은 침을 꿀꺽 삼키고 영웅을 바라보았다.

그러다가 전에 영웅이 한 말이 떠올랐다.

"저기 영웅 님, 전에 당분간이라고 하셨는데⋯⋯. 또 어디를 가십니까?"

"아, 그거요? 네, 다시 자리를 비워야 할 것 같네요."

영웅의 말에 대통령의 얼굴은 사색이 되었다.

"그, 그게 무슨 말씀입니까? 여, 영웅 님이 사라지면 저들이 언제든 다시 우리를 공격할지 모릅니다."

대통령이 떨리는 동공과 불안한 표정으로 하는 말에, 영웅이 미소를 지으며 말했다.

"걱정하지 마세요. 이곳에 제 분신을 남겨 두고 갈 테니까요."

"네?"

"최근에 배운 기술인데 제 분신을 만들 수 있거든요. 뭐, 힘은 제 본래의 1%도 안 되지만, 그래도 예전에 여기서 히어로 노릇을 할 때와 비슷한 힘이니까 충분할 겁니다."

영웅의 말에 대통령은 입을 벌린 채 그를 바라보았다.

분신의 힘이 1%인데 예전에 그가 지구에서 활동할 때와 비슷한 힘이라니.

그럼 지금은 도대체 얼마나 강해졌다는 말인가.

"뭐, 퍼센티지가 무슨 의미가 있을지는 모르겠지만요. 지금도 계속 강해지는 중이라서."

"거, 거기서 더 강해질 것이 남아 있었습니까?"

"그러게요. 더 강해지더라고요."

웃으며 말하는 영웅을 보며 황당한 표정을 지어 보이는 대통령이었다.

파앗-!

영웅은 그런 대통령 앞에서 당당하게 자신의 분신을 만들어 보여 주었다.

바로 눈앞에서 보는데도 진짜와 전혀 구별되지 않을 정도로 완벽하게 똑같았다.

"저, 정말이네? 세, 세상에."

"이제 이놈이 저를 대신해 저와 똑같은 삶을 이곳에서 살 것입니다."

영웅의 말과 자신의 눈앞에서 영웅의 분신을 확실하게 확인한 대통령은 그제야 안심이 된다는 표정으로 자리에 풀썩 앉았다.

"휴우, 알겠습니다."

"이제야 안심이 되나 봅니다."

"하하, 사실 그렇습니다. 그동안 우리나라가 당한 것을 생각하니 저도 모르게……."

"이제 저 분신이 있으니 너무 심려 마세요. 혹시라도 분신이 감당하지 못할 적이 온다면 그때는 제가 곧바로 오면 되니까 그것도 걱정하지 마시고요."

"알겠습니다. 이렇게 신경을 써 주셔서 정말로 감사합니다. 영웅 님을 한국에 보내 주신 신께 언제나 감사드릴 뿐입니다."

대통령의 말에 영웅은 속으로 생각했다.

'저도 우연히 얻은 힘입니다, 대통령님. 어렸을 때 가지고 놀던 방울…… 방울? 방울!'

영웅은 어린 시절 자신이 이 힘을 가지게 된 계기를 떠올렸다.

집 안을 뒤지다가 우연히 발견한 녹슨 방울을 들었고 거기에서 갑작스럽게 나온 힘에 의해 집이 붕괴되었다.

자신의 아버지는 집이 무너지는 와중에도 자신을 보호하기 위해 꼭 안았다.

그 덕에 자신은 살았지만, 가족 모두가 목숨을 잃었다.

그때의 충격 때문에 이것에 대한 기억을 잃고 있었다.

'빌어먹을……. 그거였나? 그게……. 그게 이유였어?'

자신의 가족을 앗아 간 원흉.

이제야 모든 기억이 떠올랐다.

몸을 부들부들 떨던 영웅은 대통령의 음성에 정신을 차렸다.

"괜찮으십니까?"

"아……. 네, 이만 가 봐야겠습니다. 급한 일이 생각이 나서요."

"네, 알겠습니다. 국민을 대신해 오늘 한국을 구해 주신 것에 감사드립니다."

"아닙니다. 제가 당연히 해야 할 일이었는걸요. 그럼 다음에 다시 뵙겠습니다."

"살펴 가십시오."

파앗-!

말이 끝남과 동시에 모습을 감춘 영웅이었다.

대통령은 영웅이 사라진 장소를 잠시 바라보다가, 90도로 허리를 숙여 인사를 올린 채 한참을 그 자리에 그렇게 있었다.

集으로 돌아온 영웅은 천태산에게 자신의 어릴 적 물건들이 어디 있는지 물었다.

천태산은 영웅이 왜 이러는지 몰라 고개를 갸웃거리다가 저택의 끝에 있는 창고로 그를 데려갔다.

"여기입니다. 주인님의 물건들은 대부분 이곳에 보관되어 있습니다."

말이 좋아 창고지, 무슨 박물관처럼 꾸며진 방이었다.

영웅이 사용했던 물건들 하나하나를 소중한 물건인 양 유리관 속에 소중히 보관해 두고 있었다.

그중에 녹슨 청동방울이 영웅의 눈에 들어왔다.

와장창-!

영웅은 보자마자 달려가 유리를 부수고 그것을 꺼내 들었다. 그러고는 청동방울에 기운을 불어 넣었다.

웅웅웅웅-!

천태산은 영웅이 무언가 중요한 일을 하고 있다는 것을 깨닫고는 조용히 자리를 피해 주었다.

천태산이 자리를 떠나자 바로 청동방울에서 찬란한 빛이 새어 나오기 시작했다.

그리고 처음 청동거울에서 흑치상이 나올 때처럼 한 인영이 모습을 드러내기 시작했다.

흑치상과는 달리 흰 수염에 너울거리는 비단 한복을 입은, 신선 같은 모습을 한 노인이 자신의 수염을 쓰다듬으며 모습을 드러냈다.

[허허허, 나를 부르는 후손이 바로 네놈이렷다.]

허허거리며 영웅을 바라보며 웃는 노인에게 영웅이 인상을 찡그리며 말했다.

"네가 운사냐?"

영웅의 말에 나타난 노인이 수염을 만지던 그 자세 그대로 멈추었다.

그러더니 눈을 이리저리 굴리며 상황 파악을 하기 시작했다.

너무도 황당해서 지금 이게 무슨 상황인지 이해가 가질 않는 것 같았다.

그러다가 상황 파악이 끝났는지 분노한 표정으로 버럭댔다.

[뭣이? 지금 이놈이 뭐라 지껄이는 것이냐! 미쳤느냐?]

"흥분하는 걸 보니 맞네. 운사 해모천."

노인은 자신의 이름을 정확하게 말하는 영웅을 보며 화들짝 놀랐다.

[헉! 어, 어찌 나의 이름을 아느냐!]

"알고 싶어? 그럼 이쪽으로 와라."

[건방진 놈이……. 오냐. 기다리거라. 내 직접 가서 네놈의 그 버르장머리를 고쳐 주마!]

운사 해모천은 분노로 얼굴이 새빨개진 채, 모습을 감추었다.

그가 홀로그램에서 사라지자 영웅은 곧바로 흑치상을 불렀다.

─흑치상.

─헉! 폐, 폐하! 벌써 찾으셨사옵니까?

─응, 과거에 내가 가지고 있던 물건이더라고. 이 상황에 관

해 설명이 좀 필요할 거 같은데.

영웅의 말에 흑치상이 당황한 표정으로 되물었다.

-그, 그게 무슨 말씀이십니까? 폐하께서 가지고 계셨다니 요?

-일단 이곳으로 와.

-알겠사옵니다!

대화가 끝나자 영웅의 앞에 신비한 연기가 뭉게뭉게 피어 오르더니, 이내 방 안 가득 자욱하게 퍼졌다.

그리고 연기 사이로 사람의 그림자가 조금씩 모습을 드러 냈다.

신비한 연출을 하려고 일부러 이런 분위기를 만든 것처럼 보였다.

고전적인 수법이었다.

파앙-!

후웅-!

그 모습에 영웅이 인상을 찡그리며 손을 휘저었다. 곧 공 기가 터지는 소리와 함께 방 안에 있는 연기가 사방으로 흩 어졌다.

연기 속에 있던 인물은 바로 운사 해모천. 영웅이 날린 바 람에 흰 수염이 펄럭거리며 흩날리고 있었다.

그는 어이가 없고 황당한 눈으로 연신 영웅을 바라보며 입 만 뻐끔거리고 있었다.

그런 해모천을 바라보며 영웅이 말했다.

"하나도 안 신비하니까 적당히 하지?"

영웅이 민든 돌풍에 봉두난발 형태가 된 운사가 부들부들 떨며 노려보다가 버럭댔다.

"이, 이놈이? 내가 누군 줄 아느냐!"

"아까 내가 말하지 않았나? 운사 해모천이라고. 그럼 아는 거 아닌가?"

해모천은 뒷골이 띵했다.

지금까지 이런 대접을 받아 본 적이 한 번도 없었기에 더더욱 그랬다.

자신이 연기와 함께 나타나면 사람들은 엎드리며 소원을 빌거나 찬양했는데 이놈은 아니었다.

심지어 청동방울로 자신을 부른 것으로 보아 자신이 내정한 지킴이 가문이 틀림없는데 저러니, 더더욱 황당했다.

해모천이 바람에 흩날려 엉망이 된 수염을 손으로 쓱쓱 정리하며 물었다.

"허어……. 아는데도 그런다……. 그럼 나에 대한 무서움도 아느냐?"

"그건 모르겠는데?"

"허허허……. 네놈의 부모가 누구냐? 아니……. 나에 대해 그 어떤 언질도 안 했다는 말이더냐?"

"응."

"한데……. 이놈이 아까부터 말이 유난히 짧구나?"

"응."

"응? 지금 '응'이라고 했느냐?"

"응."

영웅의 단답형 대답에 할 말을 잃었는지 잠시 멍한 표정으로 바라보던 그는 이내 어이없는 웃음을 지으며 말했다.

"허허……. 이거 참. 미치겠네. 안 되겠다. 오늘 내가 네놈을 제대로 교육해야겠구나."

해모천은 목을 이리저리 꺾고 손을 풀기 시작했다.

"네놈의 부모들은 어디에 있느냐? 오늘 내가 힘을 쓰는 김에 그놈들도 같이 교육을 해야겠구나."

"없어. 어릴 적에 돌아가셨지."

"허허……. 그렇구나. 이제야 네놈의 싸가지가 왜 가출을 했는지 조금은 이해가 가는구나. 오냐. 그 점은 내 정상참작을 해서 교육해 주마. 원래라면 사지를 전부 끊어 놓고 교육해야 하지만, 나름대로 버릇없는 이유를 알았으니 적당히 패는 것으로 끝내 주마."

해모천은 그리 말하며 영웅을 향해 손을 뻗었다.

휘익-!

분명히 잡기 위해 손을 뻗었음에도, 해모천의 손에는 그 어떤 것도 잡히지 않았다. 그저 허공을 휘저을 뿐이었다.

민망했는지 해모천이 손을 거두며 영웅에게 말했다.

"허허, 피해? 지금 피했냐? 오냐, 어디까지 피하나 보자꾸나."

슈슈슉―!

말이 끝남과 동시에 해모천의 손이 수십 개로 늘어나며 영웅을 향해 날아갔다. 속도는 아까와는 비교가 되지 않을 정도로 빨랐다.

하지만 영웅은 그런 손길도 아무렇지 않은 표정으로 여유있게 전부 피했다.

그 모습에 해모천의 얼굴이 점점 붉게 변하기 시작했다.

"이익! 이놈이! 피하는 것에 재주가 제법 있구나!"

"재주라기보단 네가 느린 거겠지."

"이놈! 내가 언제까지 봐줄 것이라고 생각하느냐! 오냐! 네놈을 폐기하고 다른 놈을 지킴이로 삼을 것이다!"

영웅의 이죽거림에 결국 분노가 폭발한 해모천은 자신의 손에 엄청난 기운을 모으기 시작했다.

"네놈의 영혼은 절대로 환생하지 못하게 내가 막을 것이고, 가장 깊숙하고 음침한 곳에 처박아 둘 것이다! 내 특별히 네놈의 영혼에 희로애락을 넣어 평생 외로움에 시달리는 고통도 느낄 수 있도록 해 줄 것이다!"

그리고 영웅을 향해 있는 자신이 할 수 있는 모든 겁박을 주기 시작했다.

보통은 이 정도가 되면 상황의 심각성을 깨닫고 표정이 변한다거나 자세를 고친다거나 했다.

하지만 영웅은 귀를 후비고는 손에 묻은 귀지를 입으로 후 불고 있었다.

빠직-!

그걸 본 해모천의 머리에서 무언가가 끊어지는 소리가 들렸다. 그와 동시에 그는 자신의 손에 모은 기운을 영웅에게 날렸다.

"오냐! 죽는 것이 소원인 모양이구나! 죽어라! 건방진 놈아!"

쿠아아아아-!

분노한 해모천의 얼굴은 흉신악살처럼 변했다. 그의 몸에선 도깨비 형상을 한 푸른 불길이 넘실거리기 시작했다.

세상 모든 것을 태워 버릴 것 같은 푸른 불길은 당장이라도 영웅을 집어삼킬 듯한 기세로 날아갔다.

불길은 빠른 속도로 영웅을 덮쳤다.

해모천은 영웅이 이제 저 불길에 닿아서 뼛가루 하나 남지 않고 소멸해 버리리라 생각하며 입가에 미소를 지었다.

그런데 영웅이 갑자기 입을 오므리더니 자신의 몸을 뒤덮고 있는 불길을 모조리 흡입하는 것이 아닌가.

"후으으으읍!"

"어억? 저, 저게 무슨 일이야?"

해모천은 태어나서 처음 보는 진귀한 광경에 자신도 모르게 소리를 질렀다.

그리고 연신 뒷걸음질을 치며 믿기지 않는 눈으로 영웅을 바라보았다.

그러다가 이내 정신을 차리고 무언가를 소환하며 말했다.

"네, 네놈은 누구냐! 내가 아는 인간은 그런 기운을 가질 수가 없다!"

"나 인간 맞아."

"으드득! 나를 이곳으로 끌어내기 위한 함정이었나? 이런, 나의 정체를 알고 있을 때 의심했어야 했는데."

"아닌데."

"무라트족이 보낸 것인가? 아니면……. 무라트족인가?"

"둘 다 아닌데."

"부정하는 것을 보니 맞구나!"

"너 사람 말을 제대로 안 듣는구나?"

아니라고 말하는데도 자꾸 자기 할 말만 하는 해모천을 보며 영웅은 한숨을 쉬었다.

"나는 네놈들에게 절대로 굴복하지 않는다! 하앗!"

그리 말하고는 영웅을 향해 검을 날렸다.

까앙-!

영웅은 자신을 향해 날아오는 검을 가볍게 쳐 내 버렸다. 해모천은 이를 악물고 그런 영웅을 계속 공격해 갔다.

까강- 까가강-!

파팍—!

그러다가 영웅의 손에 검이 잡혔고, 해모천의 표정은 당황으로 물들어 갔다.

"이익! 놔, 놔라!"

해모천은 자신의 검을 영웅의 손에서 빼내기 위해 안간힘을 썼다.

영웅은 그런 해모천을 바라보며 말했다.

"그만하지? 너는 지금 홍익인간의 왕에게 검을 들이대는 중이다."

영웅의 말에 있는 힘 없는 힘을 다해 낑낑거리던 해모천의 움직임이 멈췄다.

그러고는 영웅을 지그시 바라보았다.

그의 눈빛은 흥분하고 난리를 치던 지금까지와 달리 잔잔한 호수 같은 모습을 하고 있었다.

오히려 그 모습이 더욱더 무섭게까지 느껴질 정도였다.

그것은 사실이었다.

해모천은 영웅의 말에 진심으로 분노하고 있었다.

"네놈은……. 지금 해서는 안 될 놈을 했다."

그 말과 함께 손에 잡고 있던 검을 놓고는 한 걸음, 두 걸음 뒤로 물러서기 시작했다.

"그분을 입에 담다니……."

화르르륵—!

"진각성초인권."

아까보다 더더욱 짙은 푸른 불길이 해모천의 몸 주변을 감싸더니 이내 맹렬하게 휘몰아치기 시작했다.

쿠아아아-.

"5단공!"

진각성초인권.

무라트족을 상대하기 위해 홍익인간족이 만들어 낸 최상위 무공.

해모천 역시 홍익인간족이기에 이것을 익혔고 무려 5단공까지 끌어올릴 수 있는 상태였다.

과거 영웅과 붙었던 블레스가 했던 3단공도 엄청났는데 해모천은 무려 5단공까지 끌어올린 상황.

해모천은 푸르게 변한 동공으로 영웅을 노려보며 말했다.

"내가 가진 모든 힘을 다해서라도 네놈을 벌하겠다."

그러고는 자신의 주먹에 푸른 기운을 머금은 채로 영웅을 향해 달려들었다.

영웅은 그런 해모천의 주먹을 이리저리 피하며 말했다.

"나는 사실을 말했는데?"

"닥쳐라! 어디서 감히 태왕 폐하를 입에 담느냐! 죽어라!"

파파파파팟-!

어찌나 빠른 속도로 주먹을 휘두르는지, 바람 가르는 소리만 들릴 뿐 주먹이 보이지 않았다.

그렇게 빠른 속도로 공격을 하는데도 영웅은 여유롭게 그것을 다 피하고 있었다.

그러다가 정말로 고민되는 목소리로 중얼거렸다.

"아, 흑치상이 올 때까지 계속 이러고 있어야 하나? 아니면 대응을 해야 하나? 고민되네."

멈칫-!

영웅의 입에서 풍백의 이름이 나오자 맹렬하게 공격하던 해모천의 손이 일순 멈춰 섰다.

그리고 물러서면서 물었다.

"나, 나름 조, 조사를 많이 한 모양이군!"

"아니라니까. 아! 그래, 내가 깜박했네. 이걸 보여 주면 된다고 했는데."

영웅은 손뼉을 치고는 자신의 4차원 공간을 열어 무언가를 꺼냈다.

"서, 설마?"

해모천은 영웅이 꺼낸 무언가를 보며 동공이 심하게 떨리고 있었다.

"처, 천뢰신검?"

"정답. 너는 흑치상이랑 다르게 한눈에 알아보네?"

"저, 정말로 처, 천뢰신검이 맞습니까?"

해모천의 말투가 어느새 존대로 바뀌었다.

영웅은 해모천에게 검을 내밀며 말했다.

"의심되면 만져 볼래?"

"그, 그럼 자, 잠시……."

해모천은 확실하게 확인하기 위해 천뢰신검에 조심스럽게 손을 가져다 대었다.

빠지직ー!

해모천의 손길이 닿자마자 천뢰신검에서 기분 나쁘다는 것처럼 뇌전이 일었다. 그 뇌전의 기운에 해모천은 이 검이 천뢰신검이 맞다고 확신했다.

"지, 진품이라니!"

진품이라는 것을 확인한 해모천은 부들부들 떨더니 이내 그 자리에서 곧바로 활활 타오르던 자신의 기운을 거두고 영웅의 앞에 엎드렸다.

"신! 운사 해모천! 태왕 폐하를 뵈옵니다!"

"이제야 믿어 주네?"

영웅의 말에 해모천의 몸이 일순 흔들리더니 이내 통곡하다시피 말하기 시작했다.

"신이 감히 폐하를 알아뵙지 못하고 크나큰 불경을 저질렀으니, 신을 벌하여 주시옵소서!"

"어찌 벌할까?"

"소신의 목숨은 폐하의 것이옵니다! 그저 소신은 명을 따를 뿐이옵니다! 그것이 어떤 벌이든 폐하의 명에 따르겠나이다!"

그렇게 해모천이 영웅에게 벌을 청하던 그때, 흑치상이 모습을 드러냈다.

흑치상 역시 영웅을 보자마자 그 자리에 엎드렸다.

"신! 흑치상! 폐하를 뵈옵니다!"

"왜 이리 늦었어?"

"그, 그것이 이, 이곳의 좌표를 잘못 찍는 바람에 엉뚱한 곳을 다녀왔사옵니다."

어쩐지 전보다 시간이 더 걸리더라니, 이유가 있었다.

흑치상은 늦어서 죽을죄를 지은 것처럼 풀이 죽은 모습으로 안절부절못하고 있었다.

그 모습에 영웅은 자신도 모르게 피식했다.

"됐다, 됐어. 누가 보면 내가 아주 폭군인 줄 알겠네. 다들 정신 차리고 모여 봐."

"충!"

"충!"

영웅의 말이 끝나기가 무섭게 빠른 속도로 앞에 달려와 부복하는 두 사람이었다.

그들 앞에 영웅은 이곳에서 얻은 청동방울과 전에 얻은 청동거울을 던졌다.

땡그랑– 짤그랑–!

"이 두 물건이 전부 나와 관련된 집 안에서 나왔어. 아니, 우리 가문에서 나왔다고 해야 하나? 아무튼, 이게 어찌 된 일인지 말해 봐."

영웅의 말에 둘은 바닥에 떨어진 청동거울과 방울을 바라보았다.

"우, 우연입니다. 정말입니다!"

"맞습니다. 저나 운사가 선택하는 가문은 서로 간에 절대 알 수 없는 가문입니다. 또한, 선별하는 과정도 철저하게 비밀로 감추고 말입니다."

"비밀인데 어떻게 이곳으로 통하는 통로를 알고 열어 준 거지?"

"우, 운사가 관리하는 차원의 지구가 어디인지는 알고 있기에 그곳으로 가는 통로를 열어 드린 것일 뿐이옵니다."

"그럼 이게 전부 우연이다?"

"그, 그렇습니다! 솔직하게 말씀드리면 그 차원의 지구에 가면 청동 삼신기를 찾을 수는 있사옵니다. 그 기운을 느끼는 것은 저희만이 할 수 있는 일이니까요. 하오나, 그것은 만약의 사태를 대비했을 때고 가문을 정하는 것은 온전히 각자의 결정이옵니다. 소신들의 말에 한 점의 거짓이 없사옵니다! 폐하!"

둘의 말에 영웅이 턱을 긁적이며 말했다.

"그럼 남은 하나도 확인해 보면 알겠네. 그렇지?"

"네?"

"열어. 열고 남은 청동검이 있는 곳으로 안내해."

"폐, 폐하⋯⋯. 하오나 과, 관례가⋯⋯."

"나 왕 하지 마? 왕 안 한다?"

"폐, 폐하!"

"걱정하지 마. 너희가 걱정하는 무라트족은 내가 깔끔하게 정리해 줄게. 뭐 그 정도야 어렵지 않지. 정리만 해 주면 되는 거 아냐? 그것 때문에 왕이 필요한 거 아니었어?"

영웅의 말에 흑치상의 안색이 새파랗게 변했다. 반면 해모천은 무라트족을 깔끔하게 정리해 준다는 영웅의 말에 어리둥절한 표정을 지었다.

"푸, 풍백⋯⋯. 지, 지금 폐하께서 뭐라고 하신 것인가?"

"못 들었는가? 우리의 왕을 하지 않으신다고 하시네!"

"아, 아니⋯⋯. 그다음에 무라트족을 정리하신다는 말씀이⋯⋯. 무, 무슨 뜻이냐 말일세."

"그, 그게 말일세."

흑치상은 영웅의 눈치를 보며 이걸 말해야 하나 말아야 하나 고민하는 것 같았다.

그런 흑치상의 고민을 영웅이 깔끔하게 해결해 주었다.

"아, 내가 좀 강해서 말이야. 무라트족인지 무좀족인지 전부 다 갈아 버릴 수 있거든. 그러니 굳이 힘들게 천부인을 찾지 않아도 된다는 말이지. 내가 그걸 힘들게 찾으려 하는 이유는 홍익인간족의 왕이 되려면 그거 모아야 한다고 하니까 하는 거지. 다른 이유는 없어."

"그, 그게 정말입니까? 저, 정말로 천부인이 없어도 무라트족을 이길 수 있사옵니까?"

해모천의 물음에 흑치상이 옆에서 조심스럽게 입을 열었다.

"폐하의 초인력은 무라트족장의 열 배가 넘으시네."

"헉! 그, 그게 정말입니까?"

흑치상의 말에 해모천이 믿을 수 없다는 표정으로 영웅을 바라보았다.

영웅은 그런 해모천에게 고개를 끄덕이는 것으로 대답을 대신했다.

그 순간 해모천의 눈에서 눈물이 마구 샘솟더니 이내 그의 볼을 타고 콸콸 흘러넘치기 시작했다.

"과연! 과연! 우리의 태왕 폐하십니다! 소신은 믿고 있었습니다!"

감격하며 말하는 해모천에게 영웅이 고개를 저으며 말했다.

"근데 찾는 것이 너무 힘드네. 그래서 나 그냥 왕 안 하려고. 관례니 뭐니 하면서 도와주지도 않고. 내가 무슨 부귀영화를 누리겠다고 이 고생을 하는지 모르겠고."

영웅의 말에 해모천이 눈물을 닦고 말했다.

"소신도 차원의 문을 열 수 있사옵니다! 소신이 직접 열고 청동검을 지키는 가문으로 안내하겠습니다. 그리고 소신이 직접 그곳의 청동검을 찾아 폐하께 바치도록 하겠사옵니다!"

"우, 운사!"

"말리지 마시게! 이분은 누가 뭐래도 우리의 태왕 폐하시네! 청동 삼신기를 직접 찾아내야 하는 관례는 왕의 자격을 묻기 위해 있는 것이지, 이미 왕이신 분께서 하실 일이 아니네! 폐하께 관례니 뭐니, 그런 것은 의미가 없네!"

"……."

"에잉! 고지식한 사람 같으니……. 폐하께서 아니 계시면 자네나 나나 존재 이유가 무엇인가!"

해모천의 말에 흑치상이 고개를 푹 숙이며 말했다.

"폐하……. 소신이 아둔하였사옵니다! 그, 그 벌로 소, 소신이 직접 우사에게 가는 차원의 문을 열겠사옵니다."

고지식하던 풍백 흑치상은 운사 해모천의 말에 결국 항복을 선택했다.

자신의 신념보다 왕에 대한, 아니 영웅에 대한 충성심이 더 강해졌기에 가능한 일이었다.

천우문(天雨門).

또 다른 차원에 존재하는 지킴이 가문의 이름이었다.

"여긴가?"

세 사람은 천우문 근처에 서서 그곳을 바라보며 서 있었다.

"그러하옵니다. 이곳에서 청동검의 기운이 느껴지고 있습니다."

흑치상의 말에 영웅은 천우문의 이곳저곳을 둘러보았다.

"여긴 정말로 세력이 엄청난데? 이곳은 무엇을 하는 세상이지?"

영웅의 질문에 해모천이 답했다.

"소신이 알고 있는 이곳은 약육강식의 세상, 힘이 곧 권력인 세상으로 알고 있사옵니다. 이곳 나라의 이름은 '쥬신'이라고 불리고 있습니다."

"아, 그래? 그럼 저 정도 크기의 문파면 이곳 세상에서도 제법 한다는 소리네?"

"그럴 것이옵니다. 힘이 곧 계급인 세상에서 이 정도 규모를 자랑한다면 상당한 힘을 가지고 있다고 보셔도 될 것 같사옵니다, 폐하."

"그래, 이번엔 그나마 좀 괜찮네. 풍백이나 운사가 지정한 가문은 몰락하기 일보 직전이었잖아. 하마터면 못 찾을 뻔했다고."

영웅의 말에 운사가 연신 고개를 조아리며 사죄를 했다.

그가 맡은 가문이 바로 영웅의 가문이었기 때문이었다.

"소, 소신이 제대로 관리했어야 했는데……. 전부 소신의 고지식함 때문이옵니다. 폐하의 가문을 제대로 돌보지 못한 신을 벌하여 주시옵소서!"

운사의 말에 옆에서 그것을 듣고 있던 풍백이 나서서 고개를 조아리며 말했다.

"아니옵니다. 운사는 잘못이 없사옵니다. 전부 소신이 우겨서 이리된 것이옵니다. 소신을 벌하여 주시옵소서!"

"그게 무슨 말이지?"

"소신이 아둔하여 잘못된 선택을 했고 또 막무가내로 우겼습니다. 운사는 그런 제 말을 들은 것일 뿐이옵니다."

풍백의 말에 영웅이 고개를 갸웃거리자, 운사가 그에 대해 설명해 주었다.

"관여해선 안 된다고 했습니다. 저 역시 그때는 그것에 동조했습니다. 지금 생각해 보니……. 하마터면 폐하를 뵙지 못할 뻔했다고 생각하니 온몸에 소름이 돋을 지경이옵니다."

"소신은 그때 자연스러움이 미덕이라 생각했습니다. 지금 생각하니 멍청한 생각이었습니다. 정말로 종족을 위했다면 두 팔을 걷고 나서서 도와도 시원찮을 판에 오히려 몰락하게 했으니……. 입이 두 개라도 할 말이 없사옵니다, 폐하."

흑치상의 말에 영웅이 손을 휘저으며 말했다.

"됐어. 지나간 일을 말해 뭐 해. 여긴 세력이 강한 것을 보니 우사는 너희 말을 안 들었나 보네?"

"그렇습니다. 반골의 기질이 있던 친구라……. 자신은 자신의 방식대로 하겠다고 하였습니다."

영웅은 고개를 끄덕이며 다시 천우문을 바라보았다.

"그래서 문파 이름을 대놓고 자신을 지칭한 천(天)'우(雨)'문(門)이라고 지었군."

잠시 천우문을 바라보던 영웅이 흑치상과 해모천을 바라보며 말했다.

"자, 이제 확인할 시간이지? 과연 저곳도 나와 연관이 되어 있는지."

영웅의 말에 둘은 조심스럽게 고개를 끄덕였다.

만약, 이곳까지 영웅과 연관이 되어 있다면 이것은 우연이 아닌 운명인 것이다.

영웅은 바짝 긴장한 둘을 뒤로하고 성큼성큼 천우문이 있는 곳으로 걸어갔다.

그리 멀지 않은 곳에서 걸어갔기에 금방 정문에 도착했고, 정문을 지키는 수문위사들과 눈을 마주쳤다.

그러자 수문위사들이 귀신을 본 것 같은 표정으로 영웅을 바라보았다.

"헉!"

"헙! 마, 말도 안 돼!"

정말로 귀신을 본 것 같은 표정으로 한 손으로 입을 막으며 놀라는 두 수문위사였다.

"나를 아시나?"

영웅의 말에 수문위사 둘은 자신들도 모르게 고개를 끄덕였다.

그들의 눈에는 공포가 어려 있었다.

"내가 누군데?"

"네! 처, 천우문의 막내 도련님이십니다!"

"그런데 왜 그렇게 날 귀신 보듯이 보는 거야?"

"시, 시정하겠습니다!"

둘은 정말로 영웅을 두려워하고 있었다.

'여기 놈도 쓰레기였나 보네.'

그리 생각하는데, 누군가가 밖으로 걸어 나왔다.

"뭐가 이렇게 소란스러워?"

영웅의 첫째 형을 닮은 인간이 인상을 찡그리며 밖으로 나왔다. 그는 이내 영웅을 보고는 화들짝 놀라며 말을 더듬거렸다.

"너, 너! 네가 어떻게 여기에?"

"형인가?"

"뭐? 형인가? 이놈이? 지, 지금 그게 무슨 말버릇이냐!"

이런 반응은 이제 지겨웠다.

그래도 어쩌겠는가.

이럴 때 만병통치약이 있었다.

너무 남발해서인지 이제 자연스럽기까지 한 영웅이었다.

"아, 미안. 기억이 나질 않아서 말이야. 그저 여기가 집이고 가족이 있다는 어렴풋한 기억만 남아 있어서 말이지."

영웅의 말에 첫째 형을 닮은 남자가 어이없는 표정을 지으며 그를 바라보았다.

그러고는 믿을 수 없다는 표정으로 말했다.

"그 말을 지금 나더러 믿으라는 것이냐?"

"안 믿어도 뭐 할 수 없지. 일단 내가 원하는 건 확인했으니까. 여기 사람들 표정을 보아하니 나는 이곳에서 그다지 환영받지 못하는 사람 같네. 그럼 이만 사라져 줄게."

이곳도 자신과 관련되어 있다는 것을 확인했으니 이제 볼일은 없었다.

그래서 아무런 미련 없이 돌아서려는데, 형이라는 사람이 영웅을 붙잡았다.

"저, 정말이냐? 기억을 잃었다는 것이?"

형이라는 사람의 질문에 영웅이 고개를 끄덕였다.

"알았다. 일단 안으로 들어가자. 들어가서 이야기를 하자꾸나. 아! 기억을 잃었다고 하니 우선 알려 주마. 나는 네놈의 형인 강영민이다. 그리고 네놈의 이름은 강영웅이다."

이름을 듣자마자 알았다.

이곳에서도 자신의 이름은 강영웅이었다.

멀리서 둘의 대화를 듣고 있던 흑치상과 해모천 역시 이런 우연에 놀람을 금치 못하고 있었다.

"과연, 저분이 왕이 되시는 것은 필연이었나 보군."

"맞네. 그러지 않고서야 이런 우연이 있을 리가 있는가."

그런 두 사람의 시선을 뒤로하고 형을 따라 천우문으로 들어가는 영웅이었다.

～～～

천우문의 문주, 강백현이 심각한 표정으로 영웅을 바라보고 있었다.

영웅은 신기한 눈으로 그런 강백현을 바라보았다.

모든 차원에 존재하는 도플갱어들은 성격도 비슷한 모양이었다.

'항상 가족이 있는 사람들을 부러워했는데…… . 세상에서 가족이 가장 많은 사람이 되었네. 차원마다 이렇게 가족들이 있으니…… .'

그리 생각하며 영웅은 자신도 모르게 웃었다.

하지만 영웅의 웃음을 본 가족들의 반응은 그것이 아니었다.

다들 하나같이 믿기지 않는다는 표정으로 영웅을 바라보고 있었다.

그 모습에 영웅이 고개를 갸우뚱거리며 물었다.

"왜들 그러세요? 제가 무슨 실수라도?"

영웅의 말에 강백현이 심각한 표정으로 말했다.

"정말로 기억을 잃은 모양이군. 이걸 다행이라고 해야 하나? 아니면 불행이라고 해야 하나……. 알 수가 없군."

"여보, 영웅이 여기에 왔다는 소리는 우사 님이 우리 문파를 버리시겠다는 말이나 다름없는 거 아닌가요?"

'우사?'

어머니의 입에서 우사라는 단어가 흘러나왔다.

영웅은 이곳을 빨리 빠져나가려던 생각을 접고 흥미로운 눈빛으로 둘의 이야기를 들었다.

"하아, 기억을 아예 지워 버리고 돌려보낸 것을 보니 맞는 모양이군. 그분께서 막내를 선택하실 때 결사반대했어야 했는데."

강백현은 그리 중얼거리다가 영웅을 바라보며 말했다.

"그래도 기억을 지우고 돌려보낸 것을 보니, 우리에게 작은 선물은 안겨 주셨군. 이제 예전과 같은 망나니짓은 하지 않겠지?"

"여보……."

화들짝 놀라며 강백현을 말리는 어머니를 보며, 영웅은 아무래도 이 상황에 대해 알아볼 필요가 있다고 느꼈다.

"흠흠! 그래. 일단 기억이 없다니 더는 묻지 않겠다. 여기까지 찾아오느라 고생했을 테니 오늘은 이만 가서 쉬어라."

다행히 가족들은 더 이상 영웅을 추궁하지 않고 일단 쉬라며 방으로 돌려보냈다.

영웅은 방으로 돌아가는 즉시 분신을 만들어 재우고는 흑치상과 해모천이 있는 곳으로 이동했다.

"오셨습니까, 폐하."

"응, 여긴 아무래도 우사가 직접 관여를 하는 모양이야."

"네?"

"너희처럼 방관하는 것이 아니고 자신이 직접 관리를 하는 것 같아."

"그, 그럴 수가. 그렇게나 직접적으로 말입니까? 그랬다가 무라트족에게 걸리기라도 하면 어쩌려고!"

"우사, 그 친구는 만사에 직접 나서야 직성이 풀리는 성격이라 이럴 줄 알았네."

"누가 무인이 아니랄까 봐 성격하고는."

둘의 대화를 듣던 영웅이 물었다.

"우사는 무인이야?"

"그, 그렇사옵니다. 저희와는 달리 오로지 무가 최고라 생각하는 뼛속까지 무인이옵니다."

이제야 왜 이쪽 세상이 약육강식인지 대충 짐작이 갔다.

강한 것이 전부라는 생각을 가진 놈이 다스리는 세상이니 오죽하겠는가.

"그놈은 특히나 사람 보는 눈이 특이해서 반항심 가득한 놈들만을 좋아하는 변태입니다. 반항심이 커야 그것을 원동

력 삼아 강해진다나? 아무튼, 그런 인간입니다."

왜 성질 더러운 막내를 데려갔는지도 깨달았다.

'그럼 이곳의 또 다른 나는 아직 살아 있는 건가?'

최초로 살아 있는 또 다른 나와 조우할지도 모른다는 생각
이 들었다.

그런 생각이 영웅을 살짝 두근거리게 만들었다.

"일단은 청동검을 먼저 찾고 나서 생각해 보자."

영웅의 말에 흑치상과 해모천이 고개를 끄덕였다.

천우문 뒤편에 있는 돌산.

그 안에 비동이 숨겨져 있었다.

그 비동 안에는 천우문이 대대로 소중하게 보관하고 있는
청동검이 고이 모셔져 있었다.

가문의 보물인 만큼, 경호를 철저하게 하고 이렇게 깊은
비동까지 만들어 숨겨 둔 것이다.

하지만 영웅에게는 통하지 않는 보안이었다.

이미 영웅은 투시로 천우문의 곳곳을 살펴보았고, 곧 청동
검이 보관되어 있는 곳을 발견했다.

그리고 순간 이동 능력을 이용해서 안으로 들어와 청동검
을 가져갔다.

가져가면서 흑치상이 준비해 둔 가짜를 그곳에 올려 두고 나왔다.

청동검을 찾은 영웅은 곧바로 인적이 없는 곳으로 가 청동 방울, 청동거울, 청동검을 한곳에 모아 내려놓았다.

세 개의 신물이 서로 모이자, 빛이 발광하기 시작하더니 이내 공중으로 떠올랐다.

공중으로 떠오른 세 개의 신물은 빙글빙글 돌면서 하늘 위로 빛을 뿌리기 시작했고, 그 빛은 이내 점점 강해져 갔다.

강해진 빛이 무언가를 소환하자, 이내 소환된 물건이 제 모습을 드러냈다.

성스러운 기운이 흘러넘치다 못해 사방으로 뿌리는 손바닥 크기의 신패가 세 개의 신기가 뿌려 대는 빛 사이로 소환된 것이다.

영웅은 재빨리 그것을 낚아챘다. 영웅의 손에 잡히자 신패는 언제 그랬냐는 듯이 신성한 기운을 모두 거두고 평범해 보이는 신패로 변하였다.

"이게 인장인가?"

"그, 그렇습니다. 대번에 폐하를 인정했습니다."

"아, 이게 인정한 거야?"

"그렇습니다. 인장은 자신이 인정하지 않은 자가 건드리면 그자를 자연으로 돌려보내 버립니다."

"무슨 소리야. 죽인다는 소린가?"

"그렇습니다. 아주 분해를 해서 완전히 자연으로 보내 버립니다."

"성스러운 기운을 내뿜는 놈치고는 잔인하네."

영웅은 인장을 이리저리 둘러보다가 4차원의 공간을 열어 안으로 밀어 넣었다.

"자, 이제 두 번째 천부인도 찾았으니 우사를 만나러 가 볼까?"

청동검에 기운을 불어 넣으면 만날 수 있지만 청동검을 담당하는 우사는 이곳에서 직접 활동하고 있다고 하니, 어떻게 관리를 하는지 직접 가서 보기로 했다.

영웅이 청동검을 찾아오는 동안 흑치상이 우사가 있는 장소를 찾아냈다.

영웅은 곧바로 흑치상의 안내를 받아 그곳으로 향했다.

흑치상의 안내를 받아 도착한 곳은 거대한 성이었다.

말이 좋아 성이지, 그 끝이 보이지 않을 만큼 엄청난 너비를 자랑하는 곳이었다.

성벽은 나는 새가 아니고서는 넘어가지 못할 정도의 높이였고 성문은 그 어떤 것을 이용해도 절대 뚫리지 않을 것같이 두껍고 단단해 보였다.

성벽을 감시하는 자들 하나하나가 무시무시한 기운을 내뿜고 있었으며 성안에는 셀 수도 없이 많은 사람이 그곳에서 생활하며 살아가고 있었다.

성문 앞에 힘찬 필체로 적힌 성의 이름을 확인한 흑치상과 해모천은 인상을 찡그렸다.

태왕성(太王城)

"태왕이라는 이름을 이렇게 당당하게 사용하다니. 풍백, 우사가 아무래도 미친 모양이네."

"이자는 도대체 무슨 생각으로 이런 이름을 지었단 말인가."

해모천이 분노한 표정으로 중얼거렸다.

그것은 흑치상도 마찬가지였다.

영웅은 그런 둘을 보며 말했다.

"미쳤는지 아닌지는 내가 직접 우사를 만나 보고 판단하지."

영웅의 말에 흑치상이 움찔하더니 이내 앞으로 나서서 고개를 숙이고 입을 열었다.

"폐하, 소신이 폐하께 미리 말씀드릴 것이 있사옵니다."

"뭔데? 말해 봐."

"우사를 만난다면 그는 분명 폐하를 인정하지 않고 덤빌 것이옵니다. 그는 그런 자입니다. 호승심이 강해서 저희에게도 대련하자며 덤비는 통에 저희도 그자는 가까이하지 않습니다. 하지만, 나쁜 사람은 아닙니다. 아니, 오히려 폐하에 대한 충성심은 저희보다 높으면 높았지, 절대로 낮지 않은 자입니다. 태왕이라는 이름을 사용한 것도 나름대로 이유가 있을 것이옵니다. 그러니 부디 손 속에 자비를 베푸시고 그의 말을 먼저 들어 주시옵소서."

흑치상은 우사의 성격을 매우 잘 알았다.

그는 아마도 영웅이 자신의 정체를 말하면 크게 흥분하여 덤벼들 것이다.

자신을 이겨야 인정하겠다면서 말이다.

흑치상은 영웅의 강함을 알고 있기에, 이렇게 미리 말해 두는 것이었다.

그런 흑치상을 보며 영웅이 피식 웃으며 고개를 끄덕였다.

"알았다. 너희는 밖에서 기다리고 있어."

"명 받드옵니다!"

'일단 천우문 사람들의 반응을 보았을 때 이 세상의 강영웅은 분명 이곳으로 보내진 것이 분명하다. 그런데 우사가 포기했다는 것이 무슨 뜻이지? 우사는 어떤 사람일까?'

원래는 편하게 청동검과 인장만 찾으면 돌아가려고 했는데 호기심이 영웅의 발을 붙잡았다.

영웅은 웅장한 성문을 감상하며 천천히 걸어 들어갔다.

"멈춰라! 이곳은 아무나 들어갈 수 없는 곳이다!"

혹시 자신을 알아보고 통과시켜 줄까 하고 기대해 보았지만, 아니었다. 문 근처에 가기도 전에 제지를 당한 영웅.

'흠, 뛰어넘어서 들어가야 하나?'

쓸데없는 소란을 피우기 싫었던 영웅은 성벽을 넘어 들어가야 하나 고민을 했다.

그렇게 고민을 하며 성벽을 올려다보고 있는 그때 누군가가 영웅을 불렀다.

"어이! 이게 누구야? 잘나신 강영웅이 아니신가?"

"크크큭. 수련을 못 버티겠다고 뛰쳐나가더니 다시 돌아왔네?"

'그런 건가? 수련을 못 견디고 뛰쳐나간 거였군.'

영웅이 생각하며 대답을 하지 않자, 말을 걸던 두 사람이 고개를 흔들며 수문위사에게 말했다.

"이자는 사부님에게 지명을 받은 직전제자이다. 들여보내 줘라."

"네에? 직전제자요? 저희는 처음 보는데요? 그보다 직전제자님께서 수행원도 없이 혼자 다니신다고요?"

둘의 말에 수문위사가 고개를 갸웃거리며 되묻자, 그는 영웅을 보고 비웃으며 답해 주었다.

"아, 크큭. 수련을 시작하고 얼마 되지 않아 뛰쳐나갔으니 자네는 모를 만도 하지. 하지만, 우리와 같이 사부님께 무공을 배우는 제자는 맞다. 일단 돌아왔으니 데리고 가는 것이 맞겠지. 사부님께서 네놈이 뛰쳐나간 것을 알고 얼마나 대로하셨는지 아느냐?"

이들의 말에 수문위사가 무언가 떠올랐다는 듯이 손뼉을 치며 말했다.

"아! 혹시 그 재능이라고는 먼지만큼도 없다는……. 그분 말씀입니까?"

수문위사의 말에 둘은 킥킥거리면서 고개를 끄덕이며 말했다.

"네놈들 귀에도 들어갈 정도면 우리보다 유명 인사라고 하는 것이 맞겠구나."

그렇게 놀리듯이 말하다가 이내 영웅을 바라보며 말했다.

"어이, 유명 인사. 거기서 뭐 하고 있어? 어서 들어가자. 크크크, 사부님이 널 보면 아주 좋아하실 것이다."

영웅을 향해 그리 말하고는, 비릿한 미소를 지으며 자기들끼리 들어갔다.

영웅은 그런 그들의 반응에 기분 나빠하기는커녕 피식 웃으며 속으로 생각했다.

'어디를 가나 똑같군. 이런 일에 일일이 대응하는 것도 이제는 지겨워. 그래도 기분이 나쁜 것은 어쩔 수 없나? 일단 저놈들은 나중에 조용히 따로 불러내서 교육을 좀 해야겠어.'

자신을 기분 나쁘게 한 존재들을 조용히 용서하고 갈 영웅이 아니었다.

영웅을 비웃고 들어간 두 남자는 갑자기 몸에서 한기가 느껴졌는지 몸을 부르르 떨며 고개를 갸웃거렸다.

바로 뒤에 자신들을 노려보는 저승사자 같은 존재가 있다는 사실도 모른 채 말이다.

태왕성 대연무장.

그곳에 셀 수도 없이 많은 이들이 오와 열을 맞추어 서 있었다. 맨 앞 단상에는 붉은 용이 그려진 검은 무복을 입은 노인 하나가 부리부리한 눈으로 연무장에 있는 이들을 노려보고 있었다.

정확하게는 연무장에 있는 이들을 노려보는 것이 아닌 단상 앞에 있는 영웅을 노려보고 있었다.

"도망을 쳤으면 집으로 갈 것이지, 뭘 주워 먹겠다고 다시 온 것이냐?"

우사의 쩌렁쩌렁한 호통에도 영웅은 태연하게 그 앞에 서 있었다.

"허, 그래. 입이 백 개라도 할 말이 없겠지. 네놈이 나의 제자가 될 수 있는 기회를 얻은 것은 너희 가문이 바로 지킴이 가문이었기에 가능했던 것이다. 하나! 네놈을 보니 너희 가문에도 이제 더 볼일이 없어졌다!"

노인은 바로 우사였다.

우사의 말에도 영웅이 별말 없이 서 있자, 우사는 영웅의 뒤에 서 있는 다섯 명을 바라보며 말했다.

"치워라. 저놈은 더는 내 수제자가 아니니라."

우사의 말에 다들 비웃는 표정으로 영웅을 바라보았다.

하지만 한 명. 단 한 명이 앞으로 나서며 말했다.

"사부님! 아무리 그래도 사부님이 직접 데려온 제자이자 저에게는 하나뿐인 사제입니다. 기회를 한 번 더 주시옵소서!"

"진우 사제! 지금 뭐 하는 짓인가? 사부님께서 명하셨네. 치우라고!"

"대사형! 비록 얼굴을 본 지는 얼마 되지 않았지만, 누구보다 심성이 착하고 여린 사제입니다. 제가 본 사제는 그랬습니다! 제가 책임지겠습니다. 제가 책임지고 사제를 가르치고 돌보겠습니다! 그러니 다시 한번 기회를 주십시오!"

진우라 불리는 남자가 간곡하게 부탁하자, 우사는 인상을 찡그리며 말했다.

"에잉! 쯧쯧! 내가 누누이 말하지 않았느냐! 그런 쓸데없는 동정은 본인에게도, 그 동정을 받는 사람에게도 상처가 된다고!"

"사부님!"

"한 달이다! 한 달 동안 저놈에게 어떤 변화도 없다면 네놈과 같이 이곳에서 쫓아낼 것이다! 그래도 하겠느냐?"

"하겠습니다!"

"미련한 놈. 마음대로 해라! 다시 말하지만 한 달이다!"

그렇게 말하고 등을 돌려 자리를 떠나려던 그때, 영웅의 목소리가 들려왔다.

　"도대체가 말이지, 자기들 멋대로 의사를 결정하고 아무도 내 의사는 묻지 않는군."

　영웅의 목소리에 우사가 다시 등을 돌려 영웅을 바라보며 물었다.

　"오호, 그래. 뭔가 할 말이 있는 것이냐?"

　우사의 말에 영웅이 피식 웃으며 말했다.

　"이곳에 있는 그 누구도 나를 이길 자가 없는데 누가 누구를 가르치고 내쫓는다는 소리를 하는 거지?"

　영웅의 광오한 말에 우사를 포함해 연무장에 있는 모든 이가 입을 쩍 벌리고 경악했다.

　우사는 영웅의 말에 어처구니가 없는 표정으로 그를 바라보다가 이내 표정을 굳히며 말했다.

　"네놈의 지금 그 말, 책임질 수 있겠느냐?"

　"왜? 내기라도 할까?"

　"이놈이? 지금 그게 사부에게 할 소리냐?"

　"사부? 하하하하, 지금 여기 상황과 네놈 행동을 보니, 네놈은 사부의 자격이 없는 것 같구나."

　"으드득! 지금 제발 살려 달라고 빌어도 부족할 판에 나를 자극하다니……. 믿는 구석이라도 있는 것이냐?"

　"믿는 구석? 말하지 않았나? 내가 여기 있는 누구보다 강하다고. 그거면 된 거 아닌가?"

"오냐! 저놈의 버릇을 고쳐 내 앞에 무릎을 꿇리는 놈에겐 내 진신절기를 전수하고 몸을 초인으로 바꾸어 준다는 초신성천단(超新星天丹)을 주겠다!"

초신성천단은 영약의 일종으로, 이것을 복용한 인간은 인간의 신체를 초월하는 초인적인 신체를 가지게 된다.

거기에 인간의 한계를 뛰어넘는 엄청난 힘과 최소 두 배 이상 길어지는 수명은 덤이었다.

초신성천단 하나만으로도 이곳에 있는 사람들의 눈이 뒤집힐 지경인데, 거기에 우사의 진신절기를 알려 주겠다고 선언한 것이다.

그것은 제자들도 배우지 못한 극강의 신공이었다.

"초, 초신성천단이라니!"

"기회다. 이것은 우리에게 기회야!"

역시나 사람들의 눈이 뒤집혔고 그들은 일제히 영웅을 향해 달려들었다.

그 모습에 우사가 영웅을 바라보며 말했다.

"크크큭, 제대로 눈이 뒤집혔구나. 어디 보여 봐라. 네놈이 나불거린 만큼 정말로 강한지. 그것을 보인다면 내 네가 하라는 것은 다 해 주마."

우사의 말에 영웅이 피식 웃으며 자신을 향해 달려오는 수백의 무리를 향해 몸을 돌렸다.

"그 말 지켜야 할 거야."

그리 말하며 주먹을 움켜쥐었다.

웅웅웅웅웅-!

쥐어진 주먹에서 엄청난 소리가 새어 나왔다.

이내 영웅은 소리가 나는 주먹을 달려오는 자들을 향해 내질렀다.

팡-!

짧고 굵게 내지른 정권에서 공기가 터지는 소리가 들려왔고, 영웅을 향해 달려오던 무리는 권풍(拳風)에 의해 종이 쪼가리 날아가듯이 사방팔방으로 날아가 처박히기 시작했다.

후웅- 흥흥-!

콰쾅-!

퍼퍽-!

철푸덕- 철푸덕-!

영웅의 권풍에 의해 날아간 사람들은 하나같이 땅에 처박힌 채로 기절해서 몸을 부들거리며 떨고 있었다.

휘이이잉-!

정적이 흘렀다.

아주 찰나의 시간에 일어난 광경.

영웅을 제외한 나머지 제자들은 입을 쩍 벌린 채 경악한 표정으로 그것을 바라보았다.

"저, 저놈이 어찌 저런 능력을?"

"맙소사, 기초 중에 기초적인 내력 운용도 못 하던 놈인데?"

"사형들! 저도 저런 조무래기들은 저놈처럼 한 수에 제압할 수 있습니다. 아무리 그래도 저 힘이라니, 우리가 알고 있는 막내가 아닙니다! 소제가 저놈의 정체를 밝혀 보겠습니다! 하앗!"

그리 말하고 뛰어나가는 셋째를 아무도 말리는 사람은 없었다. 내심 누군가가 나가서 저래 주기를 바랐던 것이다.

이들이 경악한 이유는 영웅이 저들을 한 수에 때려눕혀서가 아니었다.

약하디약한 놈이 갑자기 강해져서 나타났기에 놀란 것이다.

"네 이놈! 막내 사제의 탈을 쓴 네놈은 누구냐! 정체를 밝혀라! 하앗!"

아주 당당하게 외치며 영웅이 있는 곳으로 쏜살같이 날아가 공격을 하려는 찰나였다.

짜악─!

그 순간 찰진 소리가 그곳에 울려 퍼졌다.

"케헥!"

호기롭게 뛰쳐나간 셋째는 영웅의 따귀 한 방에 바닥에 처박혔고 곧바로 그 자리에서 목을 잡힌 채 끌어 올려졌다.

"삼(三) 사제!"

영웅은 그런 것들에 전혀 아랑곳하지 않고 삼 사제라 불린 남자의 목덜미를 잡은 채 뺨을 마구 때리기 시작했다.

"아까 문 앞에서 나불거릴 때 한번 자리를 만들려고 했는데 생각보다 빨리 만들어졌네."

짜악- 짜악-.

눈앞의 남자는 아까 문 앞에서 영웅을 조롱했던 남자 중 하나였다.

"끄어억!"

털썩-.

빠악-.

쿠당탕탕-.

얼굴 형태를 알아볼 수 없을 정도로 맞고 기절한 남자를 대충 발로 차서 구석으로 날려 버린 영웅은, 남은 하나를 향해 손을 뻗었다.

"이왕 시작한 거니 너도 오너라."

후웅-.

순식간에 영웅의 손으로 빨려 온 남자는 아직도 상황 파악이 제대로 되지 않은 모양이었다.

짜악-.

그러나 자신의 얼굴에서 느껴지는 고통에 정신이 번쩍 들었다.

이대로 당하기만 할 수는 없었다.

바로 눈앞에서 뺨을 맞았기에 오히려 영웅을 공격하기 수월했다.

남자는 쌍장을 영웅의 명치 쪽으로 날렸다.

"이익! 초파동권!"

후웅-.

쩌엉-.

"됐다!"

남자는 자신의 공격이 제대로 적중하자 회심의 미소를 지었다.

하지만 그 미소는 오래가지 못했다.

영웅은 자신에게 쌍장을 날린 남자가 아닌 우사를 바라보며 말했다.

"겨우 이런 걸 가르쳐 놓고 그렇게 위세를 떤 것이냐? 나원 참."

우드득- 빠각-.

"커헉!"

영웅은 자신에게 쌍장을 날린 남자의 팔과 다리를 전부 부러뜨려 버리고 고통에 기절한 남자를 발로 차서 구석으로 날려 버렸다.

콰쾅-.

털썩-.

피거품을 물고 기절한 우사의 제자들.

순간 그곳에 정적이 흘렀다.

흐르는 정적을 깬 것은 영웅의 목소리였다.

"더 보여 줘야 하나? 내가 좀 바빠서 말이지. 슬슬 본론으로 넘어가고 싶은데."

"이놈이! 오냐! 내가 직접 네놈의 혓바닥 길이부터 늘여 주마!"

결국, 참다못한 우사가 영웅을 향해 달려들었다.

우사의 번개 같은 움직임을 제대로 본 사람은 제자 중 한 명도 없었다.

하지만 단 한 명, 영웅은 우사의 번개 같은 속도를 따라잡은 것도 모자라 아주 태연하게 그것을 피했다.

"쥐새끼 같은 놈이 요리조리 잘도 피하는구나!"

"그럼 맞을까? 하긴, 휘두르는 것을 보니 멕아리가 없어서 뭐 맞아도 별로 아프지도 않긴 하겠네."

영웅의 이죽거림에 우사의 얼굴이 새빨갛게 변해 갔고 이가 으스러져라 악물며 말했다.

"지킴이 가문이기에 손 속에 사정을 두었더니 안 되겠구나! 네놈을 죽이고 직접 네놈의 가문에 죄를 묻겠다!"

콰콰콰콰콰―!

분노한 우사의 몸에서 엄청난 기운이 용솟음치듯이 피어 올랐다. 그 기운에 우사의 제자들은 버티지 못하고 사방으로 밀려 나고 있었다.

"크흑!"

"이, 이런 엄청난 기운이라니!"

"여, 역시 사부님이시다!"

용솟음치던 기운들은 이내 물의 기운을 형성하였다. 우사의 머리 위로 엄청난 양의 물보라가 회오리쳤다.

다들 우사의 엄청난 기운에 감탄하고 있을 때, 영웅만은 피식 웃으며 빈정거렸다.

"혹시 네가 지금 엄청난 죄를 짓고 있다고는 생각 안 하는 거야? 그런 거야?"

"이노옴! 닥쳐라!"

2장

우사의 외침과 동시에, 그의 머리 위에서 회오리치던 물보라가 맹렬하게 회전하면서 거대한 구름을 형성하기 시작했다.

쿠르르릉-!

빠지직-.

천둥과 번개까지 치는 이 구름은 금방이라도 비를 뿌릴 기세였다.

"사부님의 비기인 천지폭우공(天地暴雨功)이다!"

"진심으로 분노하신 모양이군. 저것을 사용하시다니."

"이제 저놈은 뼛가루조차 남지 않겠군."

다들 경악하는 반응에, 영웅이 피식 웃으며 말했다.

"제법 강한 기술인가 보네?"

쏴아아아아—!

영웅의 말이 끝나기가 무섭게 퍼붓는 소나기처럼 수많은 빗방울이 영웅을 향해 날아갔다.

빗방울들은 실제 비와는 달리, 위에서 아래로 내리는 것이 아니라 옆으로 날아갔다.

겉으로 보기엔 평범한 빗방울 같아 보이지만 실상은 아니었다.

저 물방울 하나하나에 우사의 강력한 기운을 머금고 있기에 그 위력은 절대로 쉽게 볼 수 없는 것이었다.

퍼퍼퍼퍼퍽—!

그 말이 끝남과 동시에 영웅의 몸으로 엄청난 기운을 머금은 물방울들이 몸을 뚫을 기세로 그의 몸을 타격하기 시작했다.

그 모습에 그곳에 있는 모든 이들은 생각했다.

이제 끝이라고.

그렇게 생각할 만도 한 것이, 물방울이 타격할 때마다 그 충격파로 인해 주변의 지형도 바뀌고 있었다.

쿠콰콰콰쾅—.

쩌정— 쩡쩡—.

그곳에 있는 사람들은 주먹을 불끈 쥐며 생각했다.

이제 영웅은 형태도 알아볼 수 없을 정도로 산산조각 나겠지.

그런데 시간이 지나도 영웅의 신체는 사라질 기미가 보이질 않았다.

우사의 공격은 끊임없이 영웅을 타격하고 있는데, 맞고 있는 당사자는 아무렇지도 않게 서 있는 것이었다.

심지어 몸을 이리저리 돌리며 자신이 알아서 골고루 맞고 있었다.

우사 역시 그 모습에 당황했는지 공격을 멈추고 말았다.

공격이 멈추자 영웅이 몸을 이리저리 돌리다가 우사를 바라보았다.

"왜 그만두지? 시원하고 좋았는데. 안마 잘하네."

영웅의 말에 우사를 포함해 모두가 기겁하며 괴물 보듯이 그를 바라보았다.

"마, 말도 안 된다……. 너는 누구냐?"

우사가 심하게 놀란 표정으로 말을 더듬거리자, 영웅이 장난스러운 미소를 지으며 말했다.

"인간으로 변장한 무라트족?"

"허억!"

영웅의 말에 우사가 경기를 일으키며 뒷걸음질을 쳤다.

그 반응이 재밌었는지, 영웅은 뒷짐을 지고 자신이 무라트족인 것처럼 행동하기 시작했다.

"조심 좀 하지 그랬어. 이렇게 사방팔방에 나 여기 있다고 알리면 우리가 친히 이렇게 찾아오잖아."

"그, 그럴 리가 없다……. 이, 이 땅 전체에 사신의 진을 설치했는데……."

"사신의 진?"

그것이 무엇인지 되물었는데 돌아오는 답변은 없었다.

그저 자신의 공격을 대수롭지 않게 막아 낸 영웅을 바라보며 동공을 심하게 떨고 있을 뿐이었다.

우사의 그런 모습을 지켜보던 제자들은 놀란 표정을 지었다.

"사, 사부님이 두려워하고 계시잖아?"

"무라트족이 뭐지?"

"그 말을 듣자마자 저렇게 두려워하고 계셔."

제자들이 뭐라 떠들던 우사는 온통 영웅에게 신경이 집중되어 있었다.

'내 실수다. 내가 너무 안일하게 생각하고 있었구나.'

그러고는 자신을 따르던 사람들을 둘러보며 생각했다.

'무리다. 저놈들의 기운이 아직 제대로 여물지 않았다. 만인합기공의 대성이 눈앞에 있었거늘…….'

만인합기공(萬人合氣功).

만 명에 달하는 사람의 기운을 하나로 모아 흡수하는 사술의 일종이었다.

우사는 이곳에서 제자와 무인 들을 키운다는 명목으로 이들을 사육하고 있었던 것이다.

이들의 기운이 강해지면 강해질수록 자신이 흡수할 수 있는 기운을 늘어났기에, 심혈을 기울여서 키우던 중이었다.

'왕이 계시지 않는 상황에서 우리 종족을 구해 낼 유일한 묘책이라 생각을 했거늘……. 나의 안일함이 모든 것을 망쳤구나…….'

우사는 이것이 사술인 것을 알면서도 자신의 종족을 위해 시도했던 것이다.

다만, 기존에 있던 만인합기공은 그 사람의 선천진기(先天眞氣)까지 흡수해서 목숨까지 잃게 만드는 반면, 우사가 수정한 만인합기공은 그 사람의 내력과 소량의 선천진기를 흡수하는 정도였었다.

그래도 무인에게 목숨과 다름없는 내력을 전부 **빼앗아** 오기 때문에 악한 기술인 것은 변함없었다.

그리 생각하고 있는 그때, 우사의 앞으로 수많은 사람이 몰려와 그와 영웅의 사이에 자리 잡았다. 이들은 일제히 영웅을 노려보았다.

가장 선두에 선 우사의 첫째 제자가 이들이 이러는 이유를 알려 주었다.

"사부님! 저자는 저희가 목숨을 걸고 막겠습니다! 어서 피하십시오!"

"피하십시오!"

    바로 자신들의 목숨을 걸고 우사를 피신시키기 위해 몰려든 것이었다.

    그 모습에 우사가 멍한 표정을 짓다가 이내 인상을 찡그리며 호통을 쳤다.

    "미련한 것들아! 네놈들이 어찌 할 수 있는 상대가 아니다! 썩 꺼지지 못할까!"

    평소 같으면 우사가 이리 말하면 곧바로 따랐을 것인데, 지금은 조금도 통하지 않았다.

    다들 결연한 눈빛으로 영웅을 노려보며 우사를 보호하는 형태를 취할 뿐이었다.

    그 모습에 우사가 다시 소리를 질렀다.

    "이 미련한 놈들아! 나는 네놈들의 내공을 흡수하기 위해 네놈들을 데리고 있었던 것뿐이다! 네놈들을 가르친 것이 아니라 사육을 하고 있었단 말이다! 이제 내 실체를 알았느냐? 그러니 어서 썩 꺼지거라!"

    우사의 말에 첫째가 미소를 지으며 말했다.

    "알고 있었습니다, 사부님."

    "뭐라?"

    첫째의 말에 우사가 충격에 빠진 모습으로 그를 바라보았다.

    "그, 그게 무슨 말이냐? 아, 알고 있었다니?"

    "여기 있는 모든 이가 다 알고 있습니다."

"그, 그것을 너, 너희가 어찌 알고 있는 것이냐?"

"보았습니다. 사부님께서 저희에게 진심으로 미안해하는 모습을 말입니다. 통곡하시면서 저희에게 용서를 비는 그 모습을 보았습니다."

그랬다.

우사는 매일같이 자신만 아는 장소에 가서 참회의 눈물을 흘리며 이들에게 미리 용서를 구했었다.

첫째는 그 모습을 우연히 보았다. 우사가 처절하게 울면서 자신이 그럴 수밖에 없었음을, 아무도 없는 벽을 보며 외치는 것을 들었다.

그리고 그때 깨달았다.

우사는 자신들과 같은 인간이 아니라 세상에 내려온 신이라는 것을.

그저 아무렇지 않게 자신들을 희생시켜도 될 것인데 매일같이 저리 고통스러워하며 울다니.

"저희의 내력이 필요하신 것이 아닙니까. 사부님께서 주신 내력입니다. 언제든지 필요하면 말씀을 하시지, 그렇게 미안해하고 그러십니까."

"맞습니다! 저희 목숨을 내달라고 해도 내줄 판에 고작 내력쯤이야. 내력이야 다시 채우면 되는 것인데 뭘 그런 거로 미안해하고 그러십니까."

"우리 사부님, 많이 약해지셨네. 하하."

다들 우사에게 한마디씩 했고 우사는 그런 제자들과 자신을 따르는 사람들을 바라보며 말했다.

"미친놈들아……. 그 내력이 너희의 전부 아니더냐."

우사의 눈에서 눈물이 흐르기 시작했다. 그 모습을 본 사람들이 입가에 미소를 지으며 외쳤다.

"자! 모두 사부님을 위해 저자를 막아라!"

"성주님을 보호해라!"

"모두 전투태세를 갖춰라! 목숨을 걸고 막아야 한다!"

다들 사생결단의 자세로 전투태세를 갖추기 시작했고 그것을 바라보던 영웅이 흡족한 미소를 지으며 말했다.

"합격!"

이게 뭔 소리란 말인가.

갑자기 나온 뜬금없는 소리에 다들 고개를 갸웃거리고 있었다.

"나는 또 돌변해서 종족을 버리고 혼자만 잘 먹고 잘 살려고 한 줄 알았지 뭐야. 그런데 이 모든 행동이 종족을 위해서였고 또 여기에 있는 사람들이 너를 따르는 것을 보니, 그리 나쁜 놈도 아니었군."

"그게 무슨 소리냐! 우리 사부님을 살려 주겠다는 소리냐?"

첫째의 외침에 영웅이 우사를 바라보며 말했다.

"살려 줘야지. 내 소중한 수하인데 죽이면 쓰나."

"사부님이 네놈 따위를 따를 줄 아느냐!"

"따를걸. 안 그러냐? 우사 고구평."

영웅의 말에 우사가 화들짝 놀라며 영웅을 바라보았다.

자신의 이름을 아는 이는 그리 많지 않았다.

심지어 종족 중에서도 자신과 같은 재상들이거나 고위직이 아니면 아는 이가 없었다.

그런데 저자는 자신의 이름을 아는 것도 모자라, 너무도 자연스럽게 자신에게 하대하고 있었다.

문제는 그 모습이 기분 나쁘지 않다는 것이었다.

영웅이 자신을 하대함에도 묘하게 기분이 편안하고 즐거웠다. 우사는 이것이 자신을 현혹하는 사술이라 생각하고 그 기분을 떨쳐 내기 위해 더더욱 강하게 나갔었다.

그런데 지금 생각해 보니 그게 아닌 것 같았다.

우사는 자신의 생각이 맞는지 조심스럽게 영웅에게 물었다.

"서, 설마……. 제, 제가 새, 생각하는……. 그, 그것이 맞, 맞는지요?"

우사가 더듬거리며 묻자 영웅이 미소를 지으며 고개를 끄덕였다.

그와 동시에 우사의 몸이 무너져 내렸다. 그의 눈에서 눈물이 하염없이 흘러나오기 시작했다.

우사를 따르던 제자들과 수하들은 우사의 저런 모습에 다들 어리둥절한 표정으로 그를 바라보았다.

우사는 그런 사람들의 시선을 뒤로하고 영웅을 뜨거운 눈빛으로 바라보고 있었다.

"즈, 증명하실 수 있으시옵니까?"

"증명? 천뢰신검을 보여 줄까? 아니면 환인의 인장을 보여 줄까? 그도 아니면 풍백과 운사를 이곳으로 부를까? 말해봐. 원하는 것으로 들어줄게."

영웅의 말에 우사는 뜨거운 눈물을 흘리며 그 자리에서 오체투지를 하고 머리를 바닥에 부딪치며 울부짖었다.

"신! 우사 고구평! 영원한 저의 주인이시자 모든 홍익인간 족의 주인이신 태왕 폐하를 뵈옵니다! 폐하를 알아뵙지 못한 죄를 청하니 부디 불충한 신을 벌하여 주시옵소서!"

쿵쿵쿵ㅡ!

그리 말하며 연신 자신의 이마를 바닥에 내려찍고 있는 우사였다.

모두는 그런 우사의 모습에 충격받았다.

갑자기 눈앞의 남자를 보고는 폐하라 부르며 자신을 신이라 낮춰 부르고 있었다.

"이게 무슨 말이야? 사부님께서 지금 뭐라고 하시는 거야?"

"마, 막내 사제에게 폐하라고 부르고 계시잖아."

"나도 들었어. 그러니까 왜 저러시냐고!"

"혹시 막내가 사술을 익혀 와 사부님을 현혹한 것은 아닐까?"

이 말도 안 되는 광경에 가장 어울리는 추측이었다.

자신들의 사부가 누구인가.

죽으면 죽었지, 절대로 남에게 무릎을 꿇거나 고개를 숙이는 법이 없는 사람이었다.

심지어 쥬신의 황제가 친히 찾아왔을 때도 고개를 숙이지 않았고, 오히려 쥬신의 황제가 우사에게 고개를 조아리고 갔다.

거기에 이곳에 있는 모든 사람이 우사의 정체가 무엇인지 잘 알고 있지 않은가.

세상에 내려온 신.

그것이 우사였다.

그런 신적 존재인 자신들의 사부가 일개 인간, 그것도 성내에서 가장 무능력하다는 막내 사제에게 고개를 조아리며 용서를 빌면서 머리를 땅에 박고 있었다.

"대사형은 어찌 생각하십니까?"

"일단 지켜보자. 무슨 상황인지 먼저 파악하는 것이 우선이다."

"대사형! 지금 저것을 보고도 그런 소리를 하시는 겁니까?"

"샤부님의 눈빛을 보아라. 저게 현혹된 분의 눈빛이더냐?

지금까지 내가 본 그 어떤 눈빛보다 맑고 청명한 눈빛으로 막내 사제, 아니 막내 사제의 모습을 한 누군가를 바라보고 계신다. 일단 지켜보자."

대사형의 말에 다들 우사의 눈을 바라보았다.

정말로 우사는 그동안 보았던 투기 넘치는 눈이 아닌, 맑은 눈빛을 하고 있었다.

"정말이군요. 하지만 아무리 그래도 사부님께서 저리 행동할 정도라니……. 도대체 정체가 뭘까요?"

우사의 제자들은 혼란스러운 표정으로 영웅과 우사를 바라보았다.

한편, 우사는 벅차오르는 감정을 주체할 수 없을 지경이었다.

그토록 오매불망 기다리던 자신들의 왕이 아니던가.

거기에 말하는 것을 미루어 짐작해 보면 천부인 중에 이미 둘이나 찾은 상태였다.

이제 하나만 더 찾으면 자신들의 태왕은 우주 최강이 될 것이고, 그 말은 곧 자신의 종족이 떠돌이 생활을 더는 안 해도 된다는 소리였다.

즉 무라트족을 피해 도망을 다니던 굴욕의 세월이 끝난다는 의미.

만사 불여튼튼이라 하였다.

우사는 영웅에게 당부했다.

"폐하, 이제 천부인 중 하나만 더 찾으시면 끝이 나는 일이니 부디 그때까지 무라트족을 항상 조심, 또 조심하셔야 합니다."

"응? 왜?"

"네?"

"왜 그들을 조심하며 다녀야 하냐고."

"그, 그야 아, 아직 폐하께서 그들의 적수가 안 되시니……."

"아냐, 조심스럽게 안 다녀도 돼. 설명하기 귀찮으니까 풍백이랑 운사한테 들어. 그나저나 나 언제까지 계속 이러고 서 있어야 해?"

영웅의 말에 우사가 화들짝 놀라더니 재빨리 허리를 굽히고는 양손으로 한 방향을 가리키며 말했다.

"소, 소신이 겨, 경황이 없어서……. 이, 이쪽입니다, 폐하! 소신이 모시겠나이다!"

영웅은 우사가 가리키는 방향으로 미소를 지으며 발걸음을 옮겼다.

우사는 이내 앞으로 달려가 종종걸음으로 영웅을 안내하기 시작했다.

그 모습에 사람들은 황당한 표정을 지으며 멍하니 바라만 보았다.

"대, 대사형, 이제 어찌합니까?"

"우리도 가자."

"네? 어, 어딜?"

"사부님을 따라가야지. 가자!"

"네!"

⋙ ⋘

쥬신제국의 황궁.

쥬신의 황제가 자신의 거처에서 누군가와 은밀한 대화를 주고받고 있었다.

"정말로 그자를 해칠 수 있는 방법을 찾았단 말이지?"

"그러하옵니다, 폐하."

황제의 앞에는 얼굴 전체에 특이한 문양의 문신을 한 남자가 고개를 조아리고 있었다.

이 남자는 제국에서 가장 유명한 주술사였다.

"말해 보라! 그대가 한 말이 사실이라면 그대에게 엄청난 부와 명예를 안겨 줄 것이다."

"성은이 망극하옵니다, 폐하."

"자 자, 그럼 이제 그 방법을 말해 보아라."

애가 달은 황제의 재촉에, 주술사가 방법을 이야기하기 시작했다.

"소신이 천지에 제를 지낼 것이옵니다. 저들을 내쫓을 신을 보내 달라는 제를 말이옵니다."

주술사의 말에 황제가 실망한 표정으로 말했다.

"뭐냐? 겨우 제를 올리는 것이냐? 이미 다 해 보지 않았느냐."

황제의 말에 주술사가 미소를 지으며 말했다.

"그들이 한 제는 전부 거짓이옵고 소신이 하는 제는 진짜입니다. 마지막으로 한 번만 믿어 보시옵소서. 아무런 일이 일어나지 않는다면 소신을 크게 벌하신다고 하여도 원망하지 않겠사옵니다."

주술사의 말에 황제가 그를 지그시 바라보았다.

그러다가 다시 몸을 앞으로 내밀며 말했다.

"그런 자신감이라……. 뭔가 믿는 구석이 있는 게로구나? 그렇지?"

"그렇사옵니다."

"좋다! 믿어 보겠다. 제를 올리면 어찌 되는지 말해 보아라."

황제의 말에 주술사가 고개를 조아리며 말했다.

"하늘에 천군을 보내 달라고 제를 올릴 것입니다. 제 기도를 그들이 받아 준다면 거대한 구름을 타고 천군들이 내려올 것이옵니다."

"가만, 천군이 오면 그들이 나를 가만두겠느냐? 그들이 나를 내쫓고 이 자리를 차지할 수도 있는 일이다."

황제의 말에 주술사가 미소를 지으며 말했다.

"천군들은 폐하께 관심이 없을 것이옵니다. 저들이 원하는 것은 태왕성이라는 곳에 있는 우사라는 자이옵니다. 그는 하늘에 큰 죄를 짓고 지상에 내려온 자. 천군들은 그자를 잡으러 내려오는 것이옵니다."

주술사의 말에 황제가 눈을 반짝이며 말했다.

"맞다! 그자가 직접 말했었지. 본인은 신이라고. 신이 왜 인간세계에 내려왔는가 했더니 도망을 온 게로군. 좋다! 당장 시행하도록 하라."

"명 받드옵니다! 지금 당장 가서 곧바로 제를 올리겠나이다, 폐하."

주술사가 황제에게 절을 올리고 물러나자, 황제가 흔들리는 촛불을 바라보며 사악한 미소를 지었다.

"이제 이 나라는 온전히 내 것이 된다. 이제야 진짜로 내 것이 되는구나, 크큭."

한편, 밖으로 나온 주술사는 품 안에서 무언가를 꺼내 들고는 씩 웃었다.

"크크크, 이 애물단지를 언제 쓰나 했더니 이렇게 기회가 오는구나."

이내 다시 소중하게 품속으로 넣고는 서둘러 발걸음을 옮기기 시작했다.

태왕성 우사 고구평의 거처.

영웅의 앞에는 상다리가 부러질 정도의 산해진미가 차려져 있었다.

"폐하! 이곳의 특산물들로 만든 음식들이옵니다. 전국에서 올라온 싱싱한 재료들로 만든 것이니 드셔 보십시오."

우사의 말에 영웅이 미소를 지으며 젓가락을 들었다.

그리고 음식들을 먹기 시작했다.

우물- 우물-.

꿀꺽-.

음식을 맛본 영웅은 입가에 미소를 지으며 말했다.

"맛있구나."

영웅의 말에 우사는 마치 자신이 한 요리처럼 기뻐했다.

"성은이 망극하옵니다!"

"자 자, 그만하고 다 같이 먹자. 혼자 먹기엔 양이 많다."

영웅의 말에 다들 젓가락을 들고 음식을 먹기 시작했다.

반면, 우사는 안절부절못하며 음식을 제대로 먹지 못하고 있었다.

할 이야기가 있는데 영웅이 너무 맛있게 음식을 먹고 있으니, 말할 순간을 잡지 못한 탓이었다.

그 모습에 영웅이 말했다.

“먹고 나서 이야기하자. 음식이 맛있어서 다른 데에 신경 쓰고 싶지 않다.”

“아, 알겠사옵니다!”

우사는 재빨리 젓가락을 들어 음식을 먹기 시작했다.

그렇게 한참 동안 식사를 하고 나자 술상이 올라왔다.

온갖 산해진미가 다시 올라왔다. 달라진 것이라고는 밥그릇이 술잔으로 바뀌었다는 점뿐이었다.

영웅이 잔을 들자 우사가 재빨리 무릎걸음으로 기어가 영웅의 술잔에 술을 따랐다.

쪼르륵-.

쭈욱-.

“크으! 맛있군. 무슨 술이지?”

영웅의 말에 우사가 재빨리 답했다.

“천도주이옵니다!”

“천도주라…….”

술잔을 가만히 바라보던 영웅이 다시 잔을 내밀자, 우사는 군말 없이 다시 잔을 채웠다.

쭈욱-.

“좋네. 자, 그럼 이제 대화를 시작해 볼까?”

쪼르륵-.

영웅의 빈 술잔에 술을 다시 채우며 대답하는 우사였다.

“알겠사옵니다.”

우사의 대답에 제일 먼저 질문을 한 것은 흑치상이었다.

"자네! 태왕이라는 고결한 이름을 함부로 쓴 연유가 무엇인가!"

가장 먼저 질문하고 싶었고 제일 먼저 따지고 싶었던 주제였다.

우사는 그 질문이 가장 먼저 나올 줄 알았다는 표정으로 답했다.

"간절한 마음이었네. 폐하께서 어서 세상에 나오시길 바라는 간절함."

"웃기는 소리! 누누이 말하지 않았는가! 언제나 무라트족 놈들을 조심해야 한다고!"

"그놈들은 이런 이름에 신경을 쓰지 않아. 단순한 놈들이라 전투력만 믿고 날뛰는 놈들이지. 아마 이곳을 발견했다면 전투력부터 측정한 다음, 별 볼 일 없다고 생각하고 그냥 갔을걸."

"그들이라고 꼭 그렇게만 행동하라는 법은 없네! 자네가 몰라서 그렇지, 요즘 무라트족은 예전과 다르게 영리하게 행동한다네."

"흥! 그놈들이 영리해 봤자지. 어차피 그놈들이 쓰는 첨단 기술은 전부 다른 종족들을 닦달해서 만든 물건들이 아닌가."

"그런 게 아니야. 그놈들 중 머리를 쓰는 놈이 나타난 것 같아. 뭐, 이제는 굳이 조심하지 않아도 되기는 하지만."

흑치상의 말에 우사가 영웅을 바라보며 말했다.

"그렇지. 이제 폐하를 찾았으니 말이네. 우리 목숨 따위는 상관없지. 폐하만 지킬 수 있다면 말이네."

우사의 말에 흑치상이 정정해 주었다.

"그게 아니네. 그들이 더는 우리에게 위협이 되지 않는다는 뜻이었네."

"그게 무슨 말인가? 무라트족이 우리에게 더는 위협이 되지 않는다니?"

자신의 말에 어리둥절한 표정을 짓는 우사에게 자세히 설명하려고 입을 열려는 찰나, 영웅이 미소를 지으며 술잔을 내려놓고는 말했다.

"잠깐, 설명 안 해도 될 것 같다."

"네? 그게 무슨 말씀이신지?"

"안 느껴지나? 놈들이다."

영웅의 말에 방 안에 있던 세 사람이 집중했다.

이들 중 가장 강한 우사가 제일 먼저 심각한 표정으로 벌떡 일어나며 말했다.

"놈들이다! 무라트족!"

우사의 말에 풍백과 운사 역시 고개를 끄덕였다.

그들 역시 무라트족의 기운을 느낀 것이다.

그런데 자신과 달리 너무나도 평온한 모습을 보이는 게 아닌가.

"내 말 못 들었나? 아니, 저들의 기운이 안 느껴지는가? 어서 폐하를 피신시켜야 하네!"

우사의 말에 영웅이 천천히 몸을 일으키며 말했다.

"나를 피신시킨다고? 왜?"

영웅의 말에 우사가 고개를 조아리며 다급하게 말했다.

"소, 소신의 말을 곡해하지 말고 들어 주시옵소서! 폐하께선 아직 저들의 상대가 되지 못하옵니다. 지금 상황이 다급하옵니다. 소신이 목숨을 걸고 저들을 막을 테니 어서 풍백과 운사를 데리고 피신하시옵소서!"

"뭔가 오해를 하는 모양이군. 두려워해야 할 건 내가 아니야."

"네?"

"저들이지."

"폐, 폐하. 그, 그게 무슨?"

당황하는 우사에게 영웅이 미소를 지으며 말했다.

"내가 무라트족을 조심하지 않아도 된다고 말했지? 그게 무슨 뜻이냐고 물었었고."

"마, 맞습니다."

"그럼 잘됐네. 역시 말로 하는 것보다 직접 보여 주는 것이 확실할 테니."

"폐, 폐하?"

자신의 만류를 뿌리치고 밖으로 나가려는 영웅의 모습에

당황한 우사가 다시 말리기 위해 몸을 움직이려는 순간, 누군가가 그의 팔을 잡았다.

고개를 돌려 보니 흑치상이 고개를 저으며 자신의 팔을 잡고 있는 것이 아닌가.

"이게 지금 뭐 하는 짓인가?"

"폐하께서 하시는 것을 보게. 그럼 모든 것이 이해될 것일세."

우사는 떨리는 동공으로 흑치상을 바라보았다.

그런 우사에게 흑치상이 웃으며 말했다.

"아마 자네는 오늘 보게 될 것일세. 우리 홍익인간족 역사상 가장 강한 태왕 폐하를 말일세."

"그래, 우리를 부른 이유가 뭐지?"

거대한 덩치에 험악한 인상을 한 남자들이 얼굴에 문신을 한 주술사를 노려보며 물었다.

그러자 주술사가 제단 위에 있는 돌을 가리키며 말했다.

"어, 어느 분이 저, 저것을 저에게 주면서 호, 혹시라도 평범하지 않은 물건을 보거나 인물을 보면 아, 알리라 하셨습니다."

엄청난 살기에 몸을 사시나무 떨듯이 덜덜 떨며 간신히 말하는 주술사의 모습에, 남자가 피식 웃고는 그가 가리키는 것을 바라보았다.

"흠, 이건 우리 물건이 맞는데?"

"아주 사방에 다 뿌려 두었네."

"귀찮아도 확인은 해야겠지?"

"그렇지. 안 그랬다간 무슨 일을 당하는지 알잖아."

"쳇! 어차피 또 별거 아닐 텐데."

"가자, 확인하는 일이 뭐 오래 걸리는 것도 아니고."

자신의 동료를 달래고는 주술사를 노려보며 말했다.

"안내해."

남자의 말에 주술사가 고개를 끄덕이고 몸을 움직이려는 그때였다.

어디선가 목소리가 들려왔다.

"안 가도 돼. 내가 직접 왔으니까."

목소리가 들리는 곳을 향해 다들 고개를 돌리자, 한 남자가 허공에서 자신들을 내려다보며 웃고 있었다.

모두 어이가 없다는 표정으로 올려다보는데, 허공에 있는 남자가 여전히 웃으며 물었다.

"무라트족 맞지?"

이곳에 온 덩치 큰 놈들의 정체는 무라트족이었다.

무라트족은 자신들의 정체를 정확하게 알고 있는 남자를 경계하기 시작했다.

"우리가 누군지 알고 왔다면 살아 나갈 방법이 없다는 것도 잘 알겠네?"

무라트족 중 한 명이 나직하게 으르렁거리며 말하자 남자가 피식 웃으며 말했다.

"아, 그래? 나는 마음이 여려서 죽이진 않을게. 다만, 좀 아플 거야."

남자의 말에 무라트족들은 경계심을 풀고 재밌다는 반응을 보였다.

"뭐라는 거냐? 크크크."

"골 때리는 놈이네. 저거 살려 두자. 재밌는 놈이네."

"데리고 다닐 맛 나겠네. 오늘부터 넌 우리 애완동물이다."

"혹시 모르니까 전투력 측정이나 해 봐라."

"야, 저런 거에 무슨 측정까지 하냐?"

다들 허공에 떠 있는 남자를 무시했다.

"날 무시하면 안 되지. 내가 너희가 그토록 찾던 홍익인간족의 왕이니까."

멈칫-.

허공에 있는 남자 영웅의 말에, 웃고 떠들던 무라트족의 움직임이 일순간 멈추었다.

그러고는 이내 살기 어린 미소를 날리며 영웅을 바라보았다.

"진짜냐? 정확하게 지칭한 것을 보면 맞는 거 같기도 하고."

"진짠지 아닌지 잡아 보면 알겠지."

"진짜면 좋겠는데? 잡으면 무조건 성좌 자리를 준다고 했잖아."

"크크크, 맞네. 성좌 자리는 내 차지다!"

한 명이 다른 이들을 제치고 앞장서서 영웅을 향해 돌진했다.

"크하하하! 이제 새로운 성좌 자리는 내 것이다!"

맹렬한 기세로 영웅을 향해 날아가던 무라트족.

그는 새로운 성좌 자리에 앉아 다른 무라트족의 부러운 시선을 받는 행복한 상상을 했다.

쩌억-.

"커헉!"

그러나 그의 행복한 상상은 안면에서 느껴지는 엄청난 충격과 함께 산산히 부서졌다. 그는 이내 정신을 잃었다.

호기롭게 영웅을 향해 달려들었던 무라트족은 영웅의 주먹 단 한 방에 기절한 채 바닥으로 추락했다.

쿵-.

순간 모든 무라트족 사이에 정적이 흘렀다.

자신들은 무라트족 중에서도 특별한 존재들이었다.

특전단.

바로 이들이 과거 베스파가 말했던 특전단이었다.

무라트족이라고 해서 다 같은 무라트족이 아니었다.

그중에서도 특출나게 강한 이들을 모아서 만든 집단이 바로 특전단이었다.

그랬기에 추적조와 달리, 처음에 귀찮음을 가득 안고 이곳에 왔다.

자신들이 해야 할 일이 아닌데 일손이 부족하다는 이유로 파견된 것이니까.

우주에서 자신들을 어찌할 수 있는 자는 족장과 칠성좌 외에는 없다고 자부하던 이들이었다.

그런데 오늘 그 자부심에 금이 가는 사건이 일어난 것이다.

"한 방이라……."

"방심한 건가?"

"그럴지도."

"뭐가 되었든 만만치 않은 놈이라는 건 알겠군."

"재밌네. 다들 왜 그러고 있어? 이런 상황을 항상 기대했잖아."

"크크, 맞네. 그렇게 생각하니 두근거리는데?"

처음에는 당황한 표정을 짓던 그들은 이내 상기된 얼굴로 영웅을 바라보았다.

"제법 하는 것 같으니 일단은 어느 정도인지 한번 볼까?

종족 진화 1단!"

"크크크! 종족 진화 1단!"

"종족 진화 1단!"

파앗- 파팟- 파파팟-.

그곳에 있는 무라트족 전부가 종족 진화를 하자, 그들의 머리가 곤두서기 시작했다.

그 모습에 영웅이 물었다.

"어? 전에 봤던 애들보다 강하네? 혹시 너네가 특전단이라는 애들이냐?"

"크크, 우리에 대해 알고 있다니 제법 많은 정보를 가지고 있구나."

"알지, 알지. 추적조라는 애들에게 많은 것을 들었으니까."

"추적조? 그 머저리들이 전부 불었나 보군. 우리는 그 머저리들과는 차원이 다르니 각오해라."

무라트족의 말에 영웅이 피식 웃으며 말했다.

"싸우기 전에 말 많은 건 똑같은데?"

꿈틀-.

무라트족의 인상이 동시에 구겨졌고, 이내 순식간에 잔상만 남긴 채 사라졌다.

영웅의 이죽거림에 분노한 무라트족이 일제히 그에게 달려든 것이다.

번쩍- 번쩍-.

쩌정- 쩡쩡쩡-!

투콰콰콰쾅-!

쿠르르르르-.

어찌나 빠른 속도로 움직이는지, 아무것도 보이지 않는 허공에서 번개가 치듯이 빛만 번쩍거렸다.

빛이 번쩍일 때마다 대기가 일렁이면서 엄청난 충격파를 쏟아 냈고, 그로 인해 주변은 초토화되었다.

이 거대한 폭음은 저 멀리 쥬신의 황궁에까지 울려 퍼졌다.

"이, 이게 무슨 소리야!"

갑작스러운 소란에 황제가 화들짝 놀라서 뛰어나왔다.

그리고 저 멀리서 어둠을 밝히는 강렬한 번쩍임을 보았다.

"저, 저것이 무엇이냐?"

"소, 소신들도 처음 보는 혀, 현상이옵니다!"

"폐하! 위험하옵니다! 어, 어서 피하시옵소서!"

내관들의 만류에도 황제는 번쩍거리는 신비한 현상에서 눈을 떼지 못했다.

"주, 주술사! 주술사를 불러라, 당장! 그에게 물을 것이다, 저것이 어떤 것인지!"

"네! 아, 알겠습니다!"

내관이 주술사를 데리러 간 그 순간.

쿠콰콰콰쾅-.

번개가 번쩍이던 그곳에서 엄청난 폭음이 일어났다. 계속해서 천지가 진동하며 거대한 불기둥이 솟아올랐다.

화르르르르-.

"폐, 폐하! 위험하옵니다! 피, 피하시옵소서!"

내관들은 덜덜 떨면서 황제를 피신시키려 애썼다.

그들의 눈에는 저 거대한 불기둥이 세상을 멸할 것처럼 보였기 때문이었다.

하지만 황제의 생각은 달랐다.

"그들이다. 그들이 온 거야. 천군들이 온 거야."

"폐, 폐하!"

"크크큭! 우사! 잡히지 않으려고 격렬하게 반항하는 모양이구나! 크하하하! 어서 잡아가거라! 내일이면 이 세상은 온전한 내 것이 될 것이다!"

황제의 눈에는 광기가 번들거리고 있었다.

슈아악-.

쿠콰콰쾅-!

황제가 팔을 벌려 광기를 뿌려 대던 그 순간, 무언가가 빠른 속도로 날아와 황제가 있던 곳을 덮쳤고 이내 거대한 폭발을 일으켰다.

쿠르르르-.

화려했던 황궁은 순식간에 박살 났고, 무너진 잔해들을 치우면서 무라트족이 몸을 일으키고 있었다.

"크읏! 빌어먹을! 홍익인간족의 왕이라더니 정말인가 보군. 하앗!"

몸을 일으킨 무라트족은 기합성을 일으키더니 몸을 변화시키기 시작했다.

"종족 진화 4단!"

쿠그그그-.

변신하는 무라트족 주변으로 거대한 기운들이 모이면서 잔해들이 허공으로 떠오르기 시작했다.

그 떠오르는 잔해들 사이에는 곤죽이 된 황제의 시신도 섞여 있었지만, 무라트족은 조금도 신경을 쓰지 않았다.

"크큭! 4단 변신은 간만이라 조금 뻐근한걸."

은발의 긴 머리로 변함과 동시에, 극한으로 압축된 근육이 꿈틀거리고 있었다.

이내 다리근육이 불끈불끈하더니, 신형이 순식간에 땅을 박차며 사라졌다.

파앙-.

쿠콰쾅-.

무라트족이 박차고 나간 장소는 한 박자 늦게 진동과 함께 터져 나갔다.

이 무라트족을 시작으로 사방에서 너도나도 4단 변신을

했는지 공기가 터지는 소리가 들려왔다.

그리고 다시 시작된 빛의 향연과 파공음은 아까보다 더욱 더 강하게 퍼져 나가고 있었다.

"요리조리 잘도 피하는구나! 당당하게 맞서 싸워라!"

영웅을 공격하던 무라트족 하나는 자신들의 공격을 전부 피하는 영웅에게 짜증이 났는지 버럭댔다.

"정말? 감당할 수 있겠어?"

"닥쳐라! 걸리기만 해라! 아주 죽지도 살지도 못하게 한 뒤에 두고두고 고통을 안겨 주겠다!"

퍼억-!

고래고래 고성을 외치며 영웅을 향해 주먹을 날렸는데, 주먹에 느낌이 왔다.

제대로 들어간 것 같은 느낌이.

무라트족은 회심의 미소를 지으며 기회를 놓칠세라 있는 힘껏 속도를 올려 영웅을 마구 난타하기 시작했다.

투콰콰콰콱-.

살벌한 소리와 함께 영웅의 몸 이곳저곳에, 한 방 한 방 소행성을 박살 낼 위력을 가진 주먹이 꽂히고 있었다.

그에 다른 무라트족까지 가세해서 영웅을 공격하기 시작했다.

이들의 표정에는 확신이 가득했다.

그리고 기뻐했다.

자신들 무라트족이 그토록 찾던 골칫거리인 홍인인간족의 왕을 잡았다고.

투카각-.

쿠콰콰쾅-.

마지막으로 날린 일격에, 영웅의 신형이 지면으로 세차게 떨어졌다. 떨어진 곳에 운석이 떨어진 것처럼 거대한 구덩이가 생겨났다.

그것으로도 부족했는지 허공에 떠 있는 무라트족은 일제히 영웅을 향해 기공파를 날리기 시작했다.

파파파팟-.

콰콰콰콰쾅-!

엄청난 폭발과 함께 지면 전체가 지진이 난 것처럼 흔들렸다.

그리고 동시에 짠 것처럼 공격을 멈추었다.

"헉헉! 뒈졌겠지?"

"뒈지지 않았어도 방금 우리의 공격이면 치명상이다."

"그런데 이런 공격으로 정말 홍익인간족의 왕을 잡을 수 있을까?"

"무슨 소리야?"

"그렇잖아. 우리의 공격이 약하다는 것은 아니지만 종족 전체가 눈에 불을 켜고 찾는 인물이라면 그만큼 종족에 위협이 되는 인물이라는 거잖아. 그런데 겨우 이런 공격에 당한

다고?"

무라트족 중 한 명은 그래도 생각이라는 것을 할 줄 아는 모양이었다.

"뭐라는 거야? 우리는 종족 진화를 4단까지 했고, 무방비의 상대에게 협공까지 했다. 족장님이라도 그 상황에서는 못 당해 내."

"그럴까?"

"궁금하면 내려가서 꺼내 보든가. 아마 죽었거나 숨만 간신히 쉬고 있을걸."

영웅을 공격했지만 의문을 품은 한 명의 무라트족. 그는 찜찜한 얼굴로 영웅이 떨어진 구덩이를 응시하고는 눈에 힘을 주었다.

굳이 내려가지 않아도 이렇게 하면 자세히 볼 수 있었다.

"없어……."

"뭐?"

구덩이를 살펴보던 무라트족의 말에, 뒤에 있던 동료들이 말도 안 된다며 일제히 구덩이를 살폈다.

개중에는 직접 확인하겠다며 구덩이 쪽으로 몸을 날리는 무라트족도 있었다.

짝짝짝-.

다들 영웅을 찾고 있는 그때, 뒤에서 누군가의 손뼉을 치는 소리가 들려왔다.

무라트족은 일제히 그 소리를 따라 고개를 돌렸다.

"역시, 우주 최강의 종족답네. 내 분신이 힘도 못 쓰고 순식간에 소멸하다니. 지금까지 만난 애들 중에서 너네가 가장 강하다는 거 인정한다."

그곳에는 세상 멀쩡한 영웅이 재밌다는 표정으로 박수를 치고 있었다.

무라트족은 구덩이와 영웅을 번갈아 가며 바라봤다.

"분신이라고?"

"젠장! 우리가 저놈에게 놀아난 거야?"

"빌어먹을 새끼가!"

쿠아아아-.

한 명의 무라트족이 분노를 참지 못하고 붉은색 기공포를 영웅에게 쏘았다.

"그대로 죽어라!"

순식간에 기공포는 영웅이 있는 곳까지 날아갔다.

그러나 적중하기 직전, 그의 신형이 사라졌다.

무라트족의 기공포는 아무것도 없는 허공을 지나 우주 저 멀리 날아가 버렸다.

퍼어억-.

"커헉!"

갑자기 들려오는 고통스러운 목소리에, 사라진 영웅을 찾던 무라트족의 시선이 일제히 돌아갔다.

영웅이 어느새 이동해, 기공포를 쏜 무라트족의 복부에 주먹을 꽂아 넣고 있었다.

한 방.

단 한 방에 우주 최강이라는 무라트족은 고통스러운 표정으로 숨도 제대로 못 쉬며 컥컥거렸다.

"커억, 컥!"

"뭐야? 겨우 이 정도로 그렇게 고통스러워한다고? 너네, 보기보다 약골이구나?"

무라트족이 가장 싫어하는 단어가 나왔다.

약골.

"이 새끼! 우리를 모욕하다니! 죽여 버리겠다!"

반응은 굉장했다.

고통스러워하는 동료는 모두 안중에도 없었다.

마음은 이미 영웅을 향해 달려 나가고 있었지만, 그들은 움직이지 못했다.

"뭐, 뭐야!"

"모, 몸이?"

"이익! 익! 우, 움직이질 않아!"

갑자기 말을 듣지 않고 굳어 버린 몸에 당황한 무라트족은 영웅을 바라보았다.

그가 무언가를 했다고 생각한 것이다.

"가만히 있어라. 이 녀석이랑 먼저 면담하고, 하나하나 면

담을 해 줄 테니."

씨익―.

나긋나긋한 목소리와 환한 미소.

하지만 무라트족은 그것을 보고 온몸에 소름이 돋는 것을 느꼈다.

그중 가장 영리해 보이던 무라트족은 생각했다.

자신들이 홍익인간족의 왕에 대해 잘못 생각하고 있었음을.

'위, 위험한 자. 우, 우리보다 더 위험한 자다. 종족 진화를 4단까지 했음에도 손짓 한 번에 우리 모두를 제압하는 강함이라니. 이, 이런 건…… 족장도 불가능해. 우, 우리가 그에 대해 착각을 하고 있었어.'

그리고 그제야 이해가 되었다.

왜 종족 전체가 혈안이 되어 홍익인간족의 왕을 찾았는지.

또 왜 홍익인간족의 왕이 세상에 나오지 못하게 만들기 위해 그토록 노력을 했는지 말이다.

'이, 이런 괴물이라고 먼저 말해 줬다면…….'

그랬다면 결과가 달라졌을까?

아니다. 동료들은 그런 것을 따지지 않았을 것이다.

본인들이 먼저 경험을 해 봐야 직성이 풀리는 자들이었다.

오죽했으면 측정기도 챙겨 다니지 않을까.

이런저런 생각을 하고 있을 때, 소름 끼치는 비명이 그의 귀를 때렸다.

"끄아아악!"

정신을 차리고 다시 고개를 들어 보니, 동료가 팔이 기이하게 꺾인 채 고통에 몸부림을 치고 있었다.

이상했다.

자신들은 고통에 어느 정도 면역이 되어 있었다.

겨우 팔이 부러진 정도로 저렇게 고통스러워하진 않는다.

오히려 아무렇지 않게 부러진 팔로 상대를 공격하는 종족이 바로 자신들이었다.

뿌각-.

또 다른 팔이 부러지는 소리가 들려왔다.

뼈 부러지는 소리가 이렇게 소름 끼칠 줄이야.

항상 그 소리를 들으며 즐겁다고만 생각했지, 공포로 다가올 줄은 몰랐다.

직접 당하는 것도 고통스럽겠지만, 이렇게 동료가 처참하게 당하는 모습을 보는 것 역시 엄청 고통스러웠다.

천하의 무라트족이 두 눈을 질끈 감고 고개를 돌릴 정도였다.

그렇게 서로가 고통스러운 시간이 흘렀다.

영웅 앞에는 엉망이 된 모습의 무라트족이 죽어 가고 있었다.

모두 이제 저 동료는 곧 죽을 것이고, 그다음이 자신들 차례라는 사실에 긴장했다.

침을 꿀꺽 삼키며 신경을 곤두세우던 그들에게 충격적인 광경이 펼쳐졌다.

"리스토어."

화악ㅡ.

영웅이 무언가를 외치자, 바닥에서 미약한 숨을 내쉬며 죽어 가던 동료의 몸이 급속도로 회복되었다.

온몸의 뼈가 부러져서 흐물거리던 몸은 어느새 영웅과 전투하기 전 건장했던 몸으로 돌아왔고, 흐릿했던 눈에는 생기가 넘쳐흘렀다.

이 말도 안 되는 광경에 다들 경악했다.

살아난 무라트족 역시 이게 지금 무슨 상황인지 분간이 가질 않는 모습이었다.

무라트족은 어리둥절한 모습으로 주변과 자신의 몸을 이리저리 살피더니, 이내 눈앞의 영웅을 바라보았다.

영웅은 자신을 멍한 표정으로 바라보는 무라트족에게 인자한 미소를 날리며 나직하게 말했다.

"어때? 컨디션 좋지?"

영웅의 말에 무라트족은 자신도 모르게 고개를 끄덕였다.

그 모습에 만족했는지, 영웅이 환한 미소를 지으며 말했다.

"자, 그럼 2라운드를 시작해 볼까?"

"안……. 흡!"

안 된다고 말하려고 했다.

하지만 자신의 의지와 상관없이 입이 움직이질 않았다.

"읍읍읍!"

있는 힘껏 자신의 뜻을 전하려 했지만 실패했다.

"그렇게 좋아? 알았어, 알았어. 이번엔 더 세게 간다!"

즐거운 미소와 함께 손을 뻗는 영웅의 모습에, 하얗게 탈색되어 가는 무라트족이었다.

우사는 기절할 정도로 놀랐다.

흑치상이 자신을 말릴 때만 해도 믿지 않았다.

그런 그의 만류를 뿌리치고 달려왔는데, 엄청난 광경이 눈앞에 펼쳐지고 있었다.

누가 봐도 무라트족으로 보이는 자들이 다소곳하게 무릎을 꿇은 채 영웅에게 고개를 조아리고 있는 것이다.

우사는 영웅 곁으로 조심스럽게 다가가 물었다.

"폐, 폐하. 이, 이들은?"

"응? 아, 얘들? 야! 자기소개."

영웅의 말에 화들짝 놀라며 조금의 머뭇거림도 없이 자신들을 소개하는 무라트족이었다.

"네! 저희는 무라트족의 제7특전단입니다!"

"트, 특전단!"

특전단이라는 말에 우사는 자신도 모르게 뒷걸음질을 쳤다.

성정이 잔혹하고 전투를 밥 먹는 것보다 좋아하는 무라트족의 진정한 전투부대.

홍익인간족을 고향에서 도망가게 한 것도 바로 특전단, 이들이었다.

우사는 느낄 수 있었다.

이들이 진짜라는 것을.

그들의 몸에서 풍기는 거대한 기운은 우사가 과거에 느꼈던 것보다 훨씬 더 강했다.

'이, 이렇게 강했던가?'

우사는 모를 것이다.

무라트족의 특전단은 과거보다 훨씬 더 강해진 상태였다.

바로 언제 나타날지 모를 홍익인간족의 왕을 상대하기 위해서.

'만인합기공이 성공했다 해도 이들을 상대하는 것조차 버거웠을 것이다.'

자신이 얼마나 우물 안의 개구리였는지 깨달은 우사였다.

전능한 능력을 가진 자신들을 오직 힘으로 제압한 무라트족.

그래서 눈에는 눈, 힘에는 힘이라고 생각했다.

하지만 얼마나 어리석은 선택이었는지 이제야 깨달았다.

괜히 우주 최강의 종족이 아니었다.

그런 그들을 애들 다루듯이 다루는 이가 바로 영웅이었다.

우사는 멍한 얼굴로 영웅을 바라보았고 이내 영웅의 얼굴이 일렁거렸다.

어느새 우사의 눈에 가득 맺힌 눈물이 그의 시야를 가린 것이다.

흑치상의 말을 믿지 않은 자신이 미웠다.

영웅을 의심했던 자신이 원망스러웠다.

이 죄를 어찌 청해야 하나.

고민이 되었다.

우사의 몸이 천천히 무너져 내렸다.

"폐하! 신 우사 고구평! 감히 폐하의 힘을 의심하였나이다! 불충한 신을 벌하여 주시옵소서!"

이 얼마나 큰 불충이던가.

그렇게 오랫동안 기다려 놓고, 오시기만 하면 절대적인 믿음으로 따르겠다고 다짐해 놓고!

우사는 그렇게 영웅 앞에서 죄를 청했다.

그런 그의 어깨에 영웅의 손길이 느껴졌다.

"됐어. 뭘 그런 걸로 죄를 청해. 너는 그동안 네 맡은 바일을 다 했어. 고생했다."

"폐, 폐하! 서, 성은이 망극하옵니다!"

죄를 청하는 자신을 오히려 위로해 주는 군주라니.

우사의 감격은 이루 말할 수 없을 정도였다.

지금 이 순간, 우사는 결심하고 또 결심했다.

앞으로의 여생은 오직 영웅만을 위해 살겠다고.

자신의 목숨은 오늘 영웅에게 바친 것이라고.

───※───

태왕성 대전에 우사가 울상이 된 얼굴로 영웅 앞에 엎드려 외치고 있었다.

"폐, 폐하! 그게 무슨 말씀이신지? 어, 어디를 가시는 것이옵니까?"

"마지막 남은 거 찾으러 가야지. 이건 또 어디서 찾냐."

영웅이 한숨을 쉬며 하늘을 바라보자 우사가 말했다.

"신이 옆에서 견마가 되어 폐하를 보필하겠나이다!"

바닥에 납작 엎드린 채 말하는 우사. 영웅이 미소 지으며 말했다.

"됐어. 나는 혼자 움직이는 것이 더 편해. 필요하면 부를 테니 그때까지 키우던 애들이나 정성스럽게 가르쳐."

영웅의 말에 우사가 더더욱 고개를 조아리며 외쳤다.

"신! 우사! 폐하의 명을 받들어 저들을 강하게 키우겠나이다!"

우사의 말에 영웅이 고개를 끄덕이고 그의 어깨를 두드려 주었다.

그리고 무라트족을 데리고 순식간에 사라졌다.

마치 처음부터 그 자리에 없었던 것처럼.

영웅이 떠나자, 옆에 있던 흑치상이 자리에서 일어나 여전히 엎드려 있는 우사를 일으켰다.

"그만 일어나게. 가셨네."

흑치상의 말에 우사는 고개를 들었다.

고개를 든 그의 얼굴에는 행복함이 가득했다.

"이 사람, 그리 좋은가?"

"좋다마다! 나 우사의 진정한 주인께서 오셨는데 어찌 기쁘지 않겠는가! 하하하!"

"원, 사람도 참."

"이렇게 기쁜 날 술이 빠져서야 되겠는가. 자 자, 내 오늘 이 성에 있는 모든 술을 다 꺼낼 것이네. 소도 잡고 돼지도 잡고! 자네도 마시고 가시게."

"험험! 그, 그럼 그럴까?"

흑치상이 입맛을 다시며 못 이기는 척 대답하자, 우사가 그의 등을 팡팡 두드렸다.

그러고는 대전 밖으로 나가 외쳤다.

"오늘은 나 우사, 고구평의 진정한 주인님이 세상에 오신 기쁜 날이다! 흐하하하핫! 이 기쁜 날에 가만히 있을 수야 없지! 네놈들에게 내가 아끼는 천도주와 나의 비급을 풀겠다! 모두 정진하고 또 정진하여 그분을 기쁘게 해 드리거라!"

우사의 외침에 놀란 사람들이 사방에서 기어 나왔고 모인 사람들이 웅성거리기 시작했다.

모든 사람의 궁금증을 해결하기 위해, 우사를 따라왔던 첫째 제자가 대표로 나서서 우사에게 물었다.

"사부님, 그게 무슨 말씀입니까? 아둔한 제자들은 지금 사부님께서 하시는 말씀을 전혀 알아듣지 못하겠습니다. 또한, 그분은 누구시기에 사부님께서 이리하시는 것인지 알고 싶습니다."

첫째의 말에, 우사가 고개를 끄덕였다.

생각해 보니 저들에게는 제대로 된 설명을 해 주지 않았다.

"오냐! 내 말해 주겠다! 나의 모든 것을 말이다. 자 자, 기나긴 이야기가 될 테니 일단 천도주를 모두 가져와라! 크하하. 이렇게 기쁜 날에 술이 빠져서야 되겠느냐! 잔치다! 잔치를 벌이거라!"

우사의 말에 사람들은 활짝 핀 표정으로 바쁘게 움직이기 시작했다. 태왕성으로 온갖 산해진미 재료들이 끊임없이 들어갔고, 주방에서는 음식 조리하는 냄새가 쉴 새 없이 흘러나와 성내를 뒤덮었다.

천도주의 주향과 사방을 뒤덮은 음식 냄새에, 성안은 순식간에 축제 분위기가 되었다.

넓은 광장에 잔칫상이 거하게 차려졌고, 우사는 그 중심에 서서 연신 신난 얼굴로 이야기보따리를 풀었다.

성 사람들은 모두 자리에 앉아 우사가 하는 엄청난 이야기를 들었다. 그들은 밤이 깊어 가는 줄도 모르는 채 우사의 이야기를 경청하기 시작했다.

그렇게 태왕성의 밤은 시간 가는 줄도 모르고 깊어져만 갔다.

영웅은 무라트족의 특전단들을 데리고 달 기지로 이동했다.

달 기지에 있던 무라트족은 특전단의 등장에 다들 긴장하기 시작했다.

자신들과는 다른, 진짜 무라트족이 바로 그들이었으니까.

신분으로 치면 저들은 귀족이었다.

그러나.

"베스파, 네 밑으로 애들 집어넣어라."

"네?"

베스파는 화들짝 놀라며 펄쩍 뛰었다.

누굴 자신 아래로 한단 말인가.

"주, 주인님. 그, 그것은 아니 될 말씀입니다."

"응? 왜 안 돼?"

"저, 저들은 저와는 신분 자체가 다른 이들입니다."

"뭐래, 그건 너희 종족 이야기고. 쟤들 이제 내 수하니까 내 식대로 따라야지. 안 그러냐?"

영웅이 자신들을 바라보며 묻자 재빨리 부동자세를 취하며 우렁차게 외치는 특전대였다.

"그렇습니다!"

"오직 주인님의 명령만 따를 뿐입니다!"

어찌나 군기가 바짝 들었는지, 베스파는 그 모습을 보며 침을 꿀꺽 삼켰다.

"들었지?"

"아, 아닙니다. 그냥 제가 저분들을 모시겠습니다. 그렇게 하게 해 주십시오!"

간절한 베스파의 모습에 영웅이 그를 가만히 바라보았다.

그러더니 이내 고개를 흔들며 말했다.

"알았다, 알았어. 야, 이리 와."

"충!"

특전단은 영웅의 말이 끝나기가 무섭게 달려와 섰다.

"사이좋게 잘 지내라. 알았지? 사고 치면 알지?"

빠지직ㅡ.

말이 끝남과 동시에 영웅의 손끝에서 뇌전이 살짝 일어났다가 사라졌다.

그것을 본 특전단들은 덜덜 떨면서 크게 외쳤다.

"저, 절대로 그럴 일은 없을 것입니다! 믿어 주십시오!"

"좋아. 믿어 보지. 베스파가 간절하게 원해서 신분은 그대로 유지하게 해 준다."

"감사합니다!"

"그럼 나 간다."

풋ㅡ.

자기 할 말만 하고 사라져 버린 영웅이었다.

이들은 영웅이 사라지고 난 뒤에도 부동자세를 풀지 않았다.

다시 영웅이 나타날 것 같은 공포감 때문이었다.

그런 그들의 긴장을 베스파가 풀어 주었다.

"주인님은 가셨습니다. 이제 편히 쉬셔도 됩니다."

"저, 정말?"

"네."

"하아!"

"후우!"

베스파의 말에 그제야 긴장이 풀렸는지 여기저기서 안도

의 한숨이 튀어나왔다.

그리고 베스파를 동시다발적으로 바라보았다.

베스파를 바라보는 그들의 눈빛에는 애정이 흘러넘치고 있었다.

"자식! 아까 다 들었다. 고맙다."

"앞으로 말만 해라. 특전단 기술을 아낌없이 알려 주마."

"종족 진화 4단도 도와주지."

이들의 말에 베스파는 연신 고개를 조아리며 감사 인사를 했다.

"감사합니다, 감사합니다! 특전단님들의 가르침이라니 영광입니다."

"에이, 딱딱하게 특전단님이 뭐야. 형님이라고 해."

"그래, 앞으로 너는 우리 동생이다."

베스파는 이런 날이 올 줄 몰랐다.

감히 추적조 조장 신분인 자신으로서는 쳐다도 보지 못하는 특전단을 형님으로 모시는 날이 오다니.

영웅을 만난 뒤로 좋은 일만 생긴다며 마음속으로 행복해하는 베스파였다.

환인의 인장까지 찾은 영웅은 집무실에 앉아서 고민에 빠졌다.

듣기로는 이제 남은 것은 하나.

태왕부절. 그것만이 남은 상태였다. 영웅은 그에 대한 자료를 이미 풍백 흑치상에게 받아 두었다.

지금 자신의 앞에 놓인 그림 한 장이 바로 그 자료.

이 그림을 토대로 풍백과 운사가 열어 주는 웜홀에 들어가 수소문해야 했었다.

문제는 수천 개가 넘는 차원들을 이동하며 이것을 찾아다녀야 한다는 것이었다.

"하아……. 호기심이고 나발이고 다 때려치울까?"

단지, 이것들이 모두 모이게 되면 어떤 일이 벌어질지 궁금해서 시작한 일이다.

무라트족 따위는 신경도 쓰지 않고 있었다.

천부인이 모이건 안 모이건 그들을 제압하는 것은 일도 아니었으니까.

"아니야, 그래도 약속을 했으니……. 지켜야겠지."

영웅은 다시 심기일전하며 그림을 바라보았다.

그림 속 태왕부절은 옥으로 만들어진 둥근 신패였다. 곁에는 홍익인간을 표현한 조각이 새겨져 있었고 크기는 사람 손바닥만 했다.

생김새가 특이하게 생겼기에 이 그림을 토대로 수소문한다면 그래도 찾을 수는 있을 것이다.

문제는 이 물건이 있는 차원을 찾는 일이었다.

왜 무라트족이 엘런족을 다그쳐서 각 차원을 연결하는 웜홀을 만들려고 했는지 이해가 되었다.

영웅이 그렇게 고민을 하고 있던 그때, 문이 열리면서 아더가 들어왔다.

"주인, 저 왔습니다."

영웅은 아더의 인사에 대충 손을 흔들어 주고는 태왕부절에 계속 집중을 했다.

아더는 그런 영웅을 보고는 갸웃거리다가, 그가 보고 있는 그림에 고개를 내밀고 쳐다보았다.

아더는 그림 속의 물건을 보더니 놀란 음성으로 말했다.

"어? 이건 주신의 은총 아닙니까?"

아더의 말에 영웅이 고개를 돌리며 되물었다.

"뭔 신의 은총? 아니, 그보다 이게 뭔지 안다고?"

"네! 제가 살던 세상에서 주신의 은총이라 불리는 신물입니다."

"이거 정말로 맞아? 확실해? 자세히 봐 봐."

영웅은 아더에게 아예 그림을 넘겨주고 자세히 보라고 재촉했다. 생각지도 않은 곳에서 해결책이 나온 것이다.

"맞습니다! 이리 보고 저리 봐도 주신의 은총이 맞습니다. 이 특이하게 생긴 펜던트는 오직 주신의 은총밖에 없습니다."

"진짜지?"

"네! 드래곤 하트를 걸고 맹세할 수 있습니다."

"알았어. 기다려 봐."

영웅은 아더에게 기다리라는 손짓을 하고는 다급하게 풍백과 운사를 불렀다.

풍백과 운사는 영웅의 부름에 곧바로 모습을 드러냈다.

인사를 하려는 둘에게 재빨리 본론부터 말하는 영웅이었다.

"태왕부절 찾았어!"

"폐하를 뵈옵……. 네?"

"찾았다고!"

"버, 벌써 말입니까? 어, 어찌?"

두 사람이 믿을 수 없다는 표정으로 영웅을 바라보며 묻자, 영웅은 아더를 가리키며 답해 주었다.

"얘가 알고 있었어. 자기가 있던 세상에서 신물로 불리는 펜던트래."

영웅의 말에 둘은 아더를 바라보며 물었다.

"폐하의 말씀이 사실이냐?"

"그렇습니다."

"허어……. 폐하, 인연이라는 것이 정말로 있는 모양입니다. 다른 세상에서 폐하가 계신 곳으로 넘어온 것도 신기한데, 하필 저놈이 넘어온 세상에 이것이 존재하다니요. 신기합니다."

"풍백의 말이 맞습니다. 정말로 신기할 따름입니다. 이 모
든 것이 전부 폐하께서 왕이 되실 운명이었다는 것을 말해
주는 것 같사옵니다."

풍백과 운사의 말을 듣던 영웅은 조용히 아더를 바라보았
다.

아더와의 만남은 정말로 우연이었다.

그리고 자신이 이 세계에 떨어진 것 역시 우연이었고, 이
세계에 있는 화이트 웜홀을 통해 무림 세상에 간 것도 우연
이었다.

우연들이 모이고 모여서 지금의 상황까지 온 것이었다.

'정말로 나는 저들의 왕이 될 운명이었나 보군. 이렇게까
지 연결될 줄이야.'

그리 생각하고는 풍백과 운사에게 물었다.

"아더가 살던 세상과 연결 가능한가?"

"그것은 어렵지 않습니다. 생명체마다 차원 고유의 기운
이 있으니까요. 그 기운을 찾아 차원의 통로를 열면 되는 일
입니다."

풍백의 말에 영웅이 아더를 지그시 바라보며 말했다.

"아더, 네가 살던 세상에서 널 괴롭히는 놈들이 많았다고
했지?"

영웅의 말에 아더가 움찔했다.

"가자, 간 김에 그놈들 면상 좀 보고 와야겠다."

"주인……."

"그리고 겸사겸사 우리 아더가 살던 세상 구경도 좀 하고."

아더는 영웅의 말에 잠시 고민하더니 이내 활짝 웃으며 말했다.

"주인! 제가 확실하게 안내하겠습니다! 저도 고향에 있는 빌어먹을 놈들에게 주인을 꼭 소개해 주고 싶습니다!"

"그래! 좋은 생각이야. 내가 아주 제대로 혼쭐을 내 주지."

"감사합니다! 하지만 주인! 일단 제힘으로 먼저 그놈들을 혼내 보겠습니다. 전 이제 예전의 아더가 아닙니다! 이제 제 힘으로도 충분히 그놈들을 혼내 줄 수 있습니다."

그의 말처럼 아더는 예전과는 달랐다.

그는 영웅과의 혹독한 훈련과 대련, 그리고 영웅과 함께 다니면서 쌓은 수많은 경험으로 엄청나게 강해진 상태였다.

자신이 살던 세상에서 가장 강했던 마왕도 지금의 아더에겐 상대가 되지 않을 정도였다.

상기된 얼굴의 아더에게, 영웅은 엄지를 치켜세우며 말했다.

"그렇지! 그래야 내 수하지!"

영웅의 그런 모습에 아더도 미소를 지으며 고개를 끄덕였다.

"아더! 준비됐지?"

"네! 주인!"

그리고 한쪽에서 자신을 그림자처럼 지키고 있는 블레스를 바라보았다.

"블레스, 너도 따라갈 테냐?"

"신이 있을 곳은 오직 주군의 곁이옵니다!"

충성심이라면 둘째가라면 서러워하던 아더도 고개를 절레절레 저을 정도로, 블레스는 충성심이 엄청났다.

그는 하루 24시간을 영웅의 곁이나 가까운 거리에서 생활했다.

숙소를 주고 그곳에서 지내라 해도 자신의 임무는 영웅을 보필하는 것이라면서 절대 떨어지려 하지 않았다.

급기야 숙소에 가서 지내라고 명령해도, 그는 그 명령만은 거두어 달라며 요지부동으로 움직이지 않았다.

그 후로는 포기하고 그저 그림자려니 생각하고 놔두고 있었다.

지금도 어차피 답은 정해져 있지만, 그냥 혹시나 해서 물어본 것이다.

"그래! 그럼 너도 가자. 풍백! 차원의 문 열어. 지금 당장 간다."

"네? 지금 당장 말입니까?"

"응, 시간 끌 게 뭐가 있어. 후딱 가서 끝내고 오자."

"알겠습니다."

풍백은 영웅의 말에 고개를 조아리고는 아더에게 다가가 말했다.

"손을 내밀고 나에게 너의 기운을 쏘아 보내거라."

풍백의 말에 아더가 고개를 끄덕이고는 그에게 손을 뻗어 자신의 마나를 흘려보냈다.

풍백은 아더의 마나를 받는 즉시 고개를 끄덕이고는 한쪽 구석을 향해 팔로 크게 원을 그렸다.

풍백의 손가락이 지나간 곳에 환한 빛이 반짝이며 선이 생겨났다. 원을 다 그리자 허공에 생겨난 동그란 선들이 움직이며 어떤 문양을 그렸다.

쯔응― 쯔응―.

그러자 그 문양이 눈이 부실 정도로 환하게 발광하기 시작했다.

방 안 전체를 하얗게 만들 정도로 강한 빛은 이내 문 같은 모양을 만들어 내었다. 풍백은 조용히 다가가 그 문을 열었다.

그리고 영웅에게 고개를 조아리며 말했다.

"폐하! 차원의 문을 열었사옵니다."

풍백의 말에 영웅이 고개를 끄덕였다.

그러다가 무언가 생각이 났는지 풍백을 바라보며 물었다.

"아! 혹시 이곳과 아더가 사는 세상의 시간의 흐름을 조절

할 수 있나? 화이트 웜홀처럼 말이야."

"가능합니다."

"그럼 이곳의 시간은 거의 지나지 않게 설정 좀 해 줄래?"

"그리하겠사옵니다."

풍백의 말에 영웅이 그의 어깨를 토닥이고는 아더를 향해 말했다.

"준비되었나?"

"네!"

"좋아! 가자!"

영웅과 아더, 블레스, 그리고 풍백과 운사. 이렇게 다섯 명이 차원의 문으로 들어갔다.

행성 카이저.

이곳이 바로 아더가 살던 세상이었다.

영웅은 주변을 둘러보며 아더가 살던 세상을 감상했다. 그 뒤로 풍백과 운사가 고개를 조아리고 있었다.

풍백과 운사는 그동안 개입하지 않겠다는 원칙을 더는 고수하지 않고 영웅을 따라다니기 시작했다.

풍백은 원래 영웅과 아더만 보내려고 했다. 그러나 운사가 자신이 보필하겠다며 영웅의 옆에 착 달라붙어 있자 이에 위기감을 느꼈다.

이 때문에 자신이 그동안 고집했던 원리 원칙을 과감하게 버리고 영웅을 따라나선 것이다.

풍백과 운사가 따라다니자, 영웅에게 편한 점이 하나 있었다.

바로 그곳에 관해 설명해 주는 이가 옆에 생겼다는 점이었다.

뿔뿔이 흩어진 홍익인간족이 나중에 다시 하나가 될 때 혼란이 없도록, 재상들은 종족의 모든 정보를 보관하고 있었다.

풍백은 종족이 창조한 차원에 대한 정보를, 운사는 그 차원에 존재하는 생명체들과 그에 대한 정보를 보관하고 있었다.

우사는 홍익인간족의 무예와 창조하는 생명체들에 대한 힘의 비율 관련 정보를 보관 중이었다.

이곳에 대한 정보는 운사가 자신이 가지고 있는 데이터베이스인 만상천경(萬象天鏡)을 통해 이곳에 대한 정보를 찾아내 영웅에게 상세하게 설명해 주었다.

영웅은 운사의 설명을 들으며 궁금한 것들은 물었다.

"행성 카이저라……. 그럼 이곳에 말하는 주신이라는 존재가 홍익인간족인가?"

영웅의 물음에 풍백과 운사가 고개를 조아리며 대답했다.

"그러하옵니다. 하오나, 지금 이곳의 상황을 보니 관리가 되고 있지 않은 듯합니다. 아마도 종족이 무라트족을 피해 사방으로 뿔뿔이 흩어질 때 같이 따라간 듯합니다."

"원래대로라면 인간족을 포함해 여러 종족이 모여 사는 중간계와 마계가, 힘의 조화를 이루며 살아가야 합니다. 어느 한쪽에 힘이 치우치면 주신이라 불리는 이곳의 관리자가 균형을 맞추기 위해 무언가를 해야 합니다."

"무언가를 한다?"

"그렇습니다. 가령, 한 인간을 선택하여 특별한 힘과 능력을 주어 그들에 대항하게 한다든가, 아니면 드래곤들에게 계시를 내려 마계와 싸우게 한다든가 하는 것들입니다."

한마디로 균형이 한쪽으로 치우치게 되면 그것을 바로잡기 위해 무언가를 투입해야 한다는 말이었다.

"그렇군. 한마디로 현재 관리가 안 돼서 힘의 균형이 깨졌고, 그래서 힘이 가장 강한 마계가 이 세상을 지배하고 있다는 말이잖아."

"그러하옵니다."

이들의 설명에 의하면 이곳 차원을 관리하던 홍익인간족이 전부 사라져서 균형이 무너진 상태였다.

즉 신이 사라진 세상이 되었다는 것. 그렇기에 세상에서 가장 강한 마계가 세상을 지배하는 중이었다.

풍백과 운사의 설명을 들은 영웅은 초신안으로 세상을 둘러보았다.

겉으로는 평화로웠다.

하지만 그 안을 자세히 보면 그야말로 세기말의 세계를 보는 것처럼 절망과 고통의 신음만 가득했다.

"이거 복수고 뭐고 할 필요가 없겠는데? 여기 세상은 이미 망했는데?"

영웅의 말에 아더가 씁쓸한 표정으로 생기가 사라져 버린 세상을 내려다보았다.

"멍청이들……. 결국, 이렇게 될 거면서 잘난 체는……."

아더는 한참을 내려다보다가 고개를 돌려 영웅을 바라보았다.

"왜? 뭔가 할 말이 있는 거 같은데?"

영웅의 물음에 아더가 고개를 숙이고는 말했다.

"주인! 도와주십시오! 아무리 미웠던 세상이라지만 이렇게 변해 있는 것을 보니 참을 수가 없습니다. 저들을 물리치고 다시 원래의 세상으로 만들고 싶습니다."

아더의 말에 영웅이 미소를 지으며 말했다.

"그렇게 마음이 약해서야 무슨 복수를 한다고. 그렇지 만……. 좋아! 내가 도와주지. 너의 힘으로 저들을 물리치고 너를 이곳 세상을 구원한 구원자로 만들어 주마."

"주인……."

"생각해 보니 그게 더 확실한 복수가 될 것 같기도 하고, 그것으로도 성에 안 차면 나중에 여기 정리한 다음 드래곤들만 따로 불러서 복수하든가."

"제가 아무리 강해졌다고 해도 저들을 상대로 얼마나 할수 있을지……."

"흠, 그렇지? 아무래도 마왕들인데 말이야. 쪽수가 좀 딸리나? 그럼 불러야지."

영웅은 그리 말하고는 풍백을 바라보았다. 자신을 바라보는 시선에 풍백이 화들짝 놀라며 고개를 저었다.

"폐, 폐하. 서, 설마? 저를? 아니시죠?"

풍백의 말에 영웅이 웃으며 말했다.

"당연히 아니지. 애들 노는 데 어디 끼려고 그래. 소환하고 싶은 놈이 있어서 그래. 해 줄 수 있지?"

자신이 아니라는 말에 풍백은 안도의 한숨을 쉬며 재빨리 고개를 끄덕였다.

"물론입니다! 말씀만 하시면 어디에 있든 바로 소환할 수 있습니다!"

"지금은 아니야. 나중에 아더가 정말로 밀린다, 싶으면 그때 하자."

"알겠습니다."

"자, 그럼 이쪽 세상을 조금 구경해 볼까? 우리 아더가 살던 세상이라, 구경하고 싶네."

영웅의 말에 아더가 활짝 웃으며 신이 난 목소리로 말했다.

"주인! 제가 확실하게 안내하겠습니다! 이래 봬도 이 세상에선 안 돌아다녀 본 곳이 없을 정도로 마당발입니다!"

"좋아! 가자!"

"넵!"

∼◁▷∽

신성도시 이사벨.

한때 주신을 모시는 가장 큰 신전이 존재하던 도시였기에, 사람들은 이 도시는 신성도시라 이름 짓고 신성하게 여겼다.

오죽했으면 도시임에도 도시 취급을 하지 않고 하나의 작은 나라로 여겼을 정도였다.

주신에게 기도하기 위한 목적으로 온 세상에서 수많은 사람이 방문했기에, 언제나 북적대고 활기가 넘치는 도시였다.

하지만 그것은 이제 과거의 영광일 뿐이었다.

무너져 내린 성벽 안 도시에는 병들어 죽어 가는 사람들과 타락해서 변절한 신관들만 있을 뿐이었다.

변절한 신관들은 더는 주신을 믿지 않았다.

마왕들이 믿는 마신을 믿었고, 마신을 숭배하며, 마신을 위해 기도를 올렸다.

언제나 희망이 넘쳤던 도시엔 절망과, 사람들의 고통 가득한 신음만이 가득했다.

그런 도시에 오래간만에 낯선 이방인들이 모습을 드러냈다.

바로 영웅 일행이었다.

영웅은 도시에 들어서자마자 코부터 막았다.

"윽! 냄새!"

영웅의 반응과 달리 아더는 충격에 빠진 채 도시를 둘러보고 있었다.

"이럴 수가……. 이, 이곳이 이렇게 변하다니……."

"왜? 여기는 뭐 하는 곳인데?"

아더가 충격받은 모습으로 멍하니 서 있자 영웅이 물었다.

"이, 이곳은 주신의 대신전이 있던 도시입니다. 이 세상에서 가장 신성한 도시였습니다."

"이곳이? 한눈에 봐도 치안은 개판이고 사방에 병자들이 넘쳐 나는데?"

"다, 다른 곳도 아니고 이곳이 이리 변했다니……. 믿기지 않습니다."

충격에 빠진 아더의 눈에 들어온 신전.

과거 온 세상에 신성한 힘을 뿌리던 신전이었는데, 지금은 검게 변해 버린 채 악의 기운을 뿌리고 있었다.

3장

신전 앞에는 거대한 마신상이 자리하고 있었고, 검은 옷을 입은 자들은 그곳에서 정성을 다해 기도를 올리고 있었다.

아더가 충격에 빠진 표정으로 그것을 바라보고 있을 때, 누군가가 영웅 일행을 향해 경계심 어린 목소리로 외쳤다.

"너희는 누구냐? 누구길래 마신상을 그런 눈으로 바라보는 것이냐!"

그들은 이사벨을 순찰하고 있던 경비병들이었다. 아더가 증오 가득한 눈으로 마신상을 바라보자, 수상함을 느끼고 다가온 것이었다.

경비병의 외침에 마신상에 기도를 올리던 검은 옷의 남자들 역시 영웅 일행에게 시선을 돌렸다.

검은 옷을 입은 남자들은 특이하게 생긴 가면을 쓰고 있었는데, 주둥이가 긴 새의 모습을 한 가면이었다.

그들의 손은 여기저기 꿰맨 흔적들이 가득했고 그 꿰맨 틈 사이에서 검은 기운들이 몽실몽실 새어 나오고 있었다.

마신관들이 기도를 하고 있던 장소는 경비병들의 눈에 띄지 않는 장소였다.

마신관들이 엎드린 자세에서 고개를 들자, 그제야 경비병들의 눈에 마신관들이 보였다.

경비병들은 마신관을 보자마자 안색이 새파랗게 질린 채 식은땀을 흘리기 시작했다.

"마신관님들! 죄, 죄송합니다. 기, 기도를 하고 계신 것을 이, 이제야 보았습니다. 나, 낯선 이들이 마신상을 기분 나쁜 눈빛으로 바라보기에……. 컥!"

경비병들은 마신관들이 자신들을 바라보자 잔뜩 겁먹은 얼굴로 그들에게 변명하기 시작했다.

그러나 변명하던 도중에 보이지 않는 힘에 제압을 당했는지, 이내 목을 부여잡고 괴로워하며 버둥거렸다.

고통스러운 상태에서도 경비병들은 마신관들에게 용서를 구하고 있었다.

"커컥! 부, 부디 요, 용서를……."

"감히 기도를 올리는 신성한 시간에 소란을 피우다니……. 그러고도 용서를 바란다라……. 정말 쓰레기 같은 놈들이군."

경비병들의 목을 알 수 없는 힘으로 옥죄고 있는 마신관들은, 버둥거리는 그들을 보며 입가에 즐거운 미소를 지었다.

그러고는 손에 조금씩 더 힘을 주었고, 경비병들은 더욱더 괴로워하기 시작했다.

퍼억─!

마신관들에게 용서를 구하던 경비병들의 몸이 서서히 부풀어 오르더니, 이내 풍선 터지듯이 터져 나가며 사방에 붉은 고깃덩어리들을 뿌렸다.

그리고 아무렇지도 않은 표정으로 지금 이 상황을 만든 영웅 일행을 바라보며 물었다.

"네놈들은 이곳 놈들이 아니구나. 마신상을 보고도 그리 뻣뻣하게 서 있는 것을 보니."

마신관들의 말에 영웅이 고개를 삐딱하게 기울이며 입을 열었다.

"마신상? 저기 보이는 저 병신 같은 석상 말하는 거냐?"

"크크큭! 살기를 포기한 벌레들이구나. 네놈은 내가 친히 오랫동안 곁에 두고 괴롭혀 주마."

그리 말하고 움직이려는 그때.

영웅이 손짓하자, 옆에 있던 아더가 손을 뻗어 마신상을 박살 내 버렸다.

쾃쾅─!

콰르르르-!

머리와 다리에 아더의 공격이 들어가자, 마신상의 머리와 다리가 산산조각 나면서 천천히 무너져 내렸다.

마신관들이 경악한 표정으로 몸을 부들부들 떨면서 마신상이 쓰러지는 모습을 바라보았다.

쿠쿵-!

거대한 마신상이 쓰러지며 세 동강이 나자, 마신관들은 당황한 표정으로 먼지가 자욱하게 올라오는 마신상을 향해 움직였다.

그리고 처참하게 박살이 난 마신상을 잠시 동안 바라보다, 살기 가득한 얼굴로 마신상을 박살 낸 아더를 노려보기 시작했다.

"잡아라……. 절대로 죽여선 안 된다."

"네! 대마신관님 말씀 들었지? 한 놈도 죽여선 안 된다!"

"네!"

하늘을 찌를 듯한 검은색의 길쭉한 모자를 쓴 대마신관. 살기가 가득 담긴 그의 나직한 말에, 다른 마신관들이 일제히 아더와 영웅 일행을 향해 움직이기 시작했다.

움직이는 그들의 손에선 어느새 시커먼 마기가 흘러나와 채찍 형상을 만들어 내고 있었다.

휘리릭-.

마기로 만들어진 채찍들이 영웅을 공격하기 위해 움직였

고, 그것을 본 블레스가 눈썹을 꿈틀거렸다.

"감히 어딜!"

차차창—.

블레스는 자신의 검을 뽑아 영웅을 향해 날아간 채찍들을 전부 쳐 냈다.

그런 블레스의 모습에, 채찍을 휘두르던 마신관들의 움직임 역시 점점 더 빨라지기 시작했다.

"건방진 인간 놈이! 제법 하는구나! 하지만 지금 그 공격은 허수였다. 크크크, 네놈들 발아래 마법진을 그리기 위한 것이지, 공격을 위한 것이 아니었거든."

채찍을 휘두르던 마신관들은 하나같이 회심의 미소를 지으며 채찍을 거두고 뒤로 물러섰다.

그 순간 바닥에서 거대한 마법진이 붉은빛을 발광하며 영웅 일행이 있는 곳 전체를 뒤덮었다.

그러더니 곧이어 각자 몸 주변에 수십 개의 링이 생성되었다.

이를 본 풍백과 운사가 기술을 무효화시키려 할 때였다.

—그냥 둬 봐. 어떻게 하나 보게.

영웅의 음성이 들려왔다.

풍백과 운사는 바로 움직임을 멈추었다.

블레스와 아더 역시 영웅의 말대로 행동을 멈추었다.

그러자 수십 개의 검은 링이 순식간에 줄어들어 영웅 일행을 옥죄더니, 이내 눈 깜짝할 사이에 링에 묶인 상태로 만들어 버렸다.

하나같이 얼굴만 남긴 채 밧줄에 꽁꽁 묶인 형태가 된 영웅 일행.

"크크크! 절대로 풀리지 않는 영겁의 링이다. 한 사람의 기운으로 만들어도 절대 풀리지 않는데 이곳에 있는 모든 마신관의 기운을 모아 만들었으니, 그 누구도 거기서 벗어날 수 없을 것이다."

대마신관은 천천히 계단을 걸어 내려왔다.

그는 영겁의 링에 잡힌 영웅 일행을 바라보며 친절하게 설명까지 해 주었다.

"크크크. 네놈들의 몸에 둘러진 영겁의 링은 내 의지대로 변형할 수 있지. 이제부터 그것을 가시덤불처럼 만들 것이다. 아주 천천히 네놈들 피부에 고통을 주며 뚫고 들어가게끔 말이지. 아, 물론 죽이지는 않아."

꽁꽁 묶인 영웅 일행을 보며 즐거운 듯 환하게 말했다.

"네놈들은 이제 그 속에서 평생을 죽지도 살지도 못한 채, 지금까지 경험해 보지 못했던 극한의 고통을 맛보며 지내게 될 거니까. 어떠냐? 즐겁겠지?"

대마신관이 주절주절 떠들어 대자, 영웅이 고개를 갸웃거리며 물었다.

"정말로 그 누구도 풀 수 없어? 정말로?"

"그렇다!"

"마왕도?"

"마왕님도 우리가 힘을 합쳐 만든 영겁의 링은 풀지 못한다!"

"대마왕도?"

"그, 그건……."

대마왕이라는 말에 당황하는 대마신관이었다.

그런 그들에게 무너진 석상을 턱으로 가리키며 입을 여는 영웅이었다.

"저기 개박살이 난 마신도 못 풀어?"

영웅의 마지막 말에 그곳에 있는 모든 마신관의 몸에서 강렬한 마기들이 넘실거리기 시작했다.

마신을 우롱하는 말에 분노하여 반응한 것이다.

그들의 기세에서 지금 당장이라도 영웅 일행을 죽이고 싶다는 의지가 보였다.

"왜 대답이 없어? 마신도 못 푸냐니까. 정말로 못 푸나 보네? 그것참, 더럽게 약한 마신이네. 이것도 못 풀고."

"이런 빌어먹을 새끼가! 죽고 싶……."

"아, 답답해!"

쩡-!

영웅의 도발에 그들이 더는 참지 않고 움직이려던 그때, 마신관들의 눈에 영겁의 링이 너무도 쉽게 산산조각으로 분해되는 장면이 들어왔다.

"이렇게 쉬운 것도 못 푼다고? 약골들만 모아 놨나?"

영겁의 링을 풀고 여전히 건들거리는 영웅의 목소리는 마신관들의 귀에 들어가지 않았다.

"어, 어떻게?"

"뭘 어떻게야. 이따위로 약한 포박으로 뭘 어쩌겠다는 거야? 포박은 자고로 이렇게 하는 거지."

"무슨……? 헉!"

영웅의 말이 끝남과 동시에, 마신관들은 어느새 영겁의 링이 자신들을 포박한 것을 발견했다.

"이, 이게 어, 어찌 된 일이야? 네, 네놈이 어찌 영겁의 링을 사용한단 말이냐!"

"방금 너희가 알려 줬잖아."

"뭐?"

"나는 한 번 본 것은 따라 할 수 있거든."

"그, 그게 무슨 말도 안 되는……."

"여기 있잖아. 아! 내가 너희의 이 영겁의 링이란 기술을 살짝 좀 개량해 봤어. 그냥 묶기만 하면 재미가 없잖아?"

영웅의 말에 불안함을 느낀 마신관들이 세차게 떨리는 동공으로 영겁의 링을 바라보았다.

그 순간.

빠지지직-!

"끄아아아악!"

"끄어어억!"

"으아아아아아!"

마신관들이 일제히 비명을 지르며 괴로워하기 시작했다.

그 광경을 본 대마신관은 믿기지 않는다는 듯 중얼거렸다.

"고, 고통스러워한다고? 저, 저들은 모두 언데드인데? 고, 고통을 느낄 리가 없는데?"

그랬다.

이곳에 있는 마신관들은 사실 생명체들이 아니었다.

인간계를 정복하기 위해 마왕군이 만들어 낸 언데드 신관들이었다.

고통도 느끼지 않으며, 먹지 않아도 되었고, 마왕이 허락하기 전에는 죽지도 못했다.

거기에 일반적인 몸에는 담을 수 없는 기운을 담기 위해 신체 강화까지 한 상태였다.

그런 마신관들이 고통을 느끼고 있었다.

이건 정말로 말이 되지 않는 광경이었다.

이렇게 혼란스러워하는 대마신관에게 영웅이 친절하게 이들이 괴로워하는 이유를 설명해 주었다.

"아, 너희 몸에 생기가 없는 거 같아서 말이지. 내가 살짝 신성력을 불어 넣었어. 어때? 짜릿하니 괜찮지?"

영웅의 말에 대마신관이 화들짝 놀라며 영웅을 바라보았다.

"시, 신성력이라고? 주, 주신이 사라진 이 세상에서 신성력이라니! 서, 설마 네놈이 예언에 나오는 그 '영웅'이란 말인가?"

대마신관은 정확하게 한국말로 영웅이라고 말했다. 그 말에 영웅이 고개를 갸웃거리며 물었다.

"어? 한국말? 그보다 예언서에 내가 나와?"

영웅은 자신의 이름을 말해서 놀란 것인데, 대마신관은 예언에 나오는 세상을 구하는 영웅의 등장이라 생각했다.

"크윽! 예언은 거짓일 뿐이라 생각했는데. 사실이었다니."

그러더니 재빨리 하늘을 향해 손을 뻗어 검은 기운을 사정없이 쏘아 보내기 시작했다.

파파파팟-.

검은 기운은 잔뜩 낀 먹구름을 뚫고 하늘 위로 사라졌다.

영웅은 그것을 가만히 바라보고 있었다.

그런 영웅을 바라보며 대마신관이 웃었다.

"크크큭! 멍청하게 바라만 보고 있다니. 방금 네놈이 나타났다는 소식을 마계에 전했다. 이제 마계에서 네놈을 잡기 위해 총력을 다할 것이다!"

자신의 할 일은 다 했다는 표정으로 환하게 미소를 지으며 말하는 대마신관.

영웅은 그를 바라보며 허공에 손을 휘저었다.

그러자 대마신관이 날려 보낸 기운이 주인을 찾아 쫓아오는 강아지처럼 영웅을 향해 맹렬하게 다시 되돌아 날아왔다.

"헉! 마, 말도 안 돼!"

언데드로 수백 년을 살아왔지만, 지금처럼 놀라고 황당한 광경은 처음 보는 대마신관이었다.

쏘아 보낸 기운을 저런 식으로 끌어오는 것은, 마왕이 아니라 대마왕도 할 수 없는 일이었다.

대마신관은 이제야 영웅이 얼마나 위험한 존재인지를 자각하기 시작했다.

"저, 정말로 위험한 놈이구나! 예언따위…… 믿지 않았는데."

영웅은 경악하고 있는 대마신관에게 말했다.

"뭐, 알리는 건 상관없는데. 아직은 조용히 다니고 싶어서 말이지. 이건 내가 나중에 쏘아 보내 주든지 소멸시키든지 알아서 할게."

말하는 투가 꼭 더 놀고 싶은데 방해하지 말라는 것처럼 들렸다.

그런 영웅을 보며 대마신관이 떨리는 목소리로 중얼거렸고, 그 중얼거림은 영웅의 귀에 들어갔다.

"아, 안 돼. 주, 죽여야 한다. 무, 무슨 짓을 해서든 저놈을 죽여야 해."

심히 떨리는 동공으로 영웅을 바라보며 연신 그렇게 웅얼대는 대마신관.

"뭐야? 정신이 나갔나?"

그 순간, 영웅이 만든 영겁의 링에 포박되어 있던 마신관들의 몸이 부풀어 오르기 시작했다.

"대마신관 비보르가 바라노니, 세상을 멸할 기운을 내리어 파멸의 축제를 열게 하소서! 익스플로전 스트라이크!"

번쩍—!

대마신관이 주문을 외침과 동시에, 영웅 주변에 있던 마신관들의 몸에서 눈이 부실 정도로 강렬한 빛이 뿜어져 나왔다.

부풀어 오른 마신관들은 곧 폭발하기 시작했다. 그 파괴력은 그곳의 지형을 바꾸어 버릴 정도로 강력했다.

콰콰콰콰쾅—!

쿠르르르—!

천지가 진동할 정도로 엄청난 위력으로 영웅 일행이 있는 곳까지 모조리 휩쓸어 버렸고, 폭발에 의한 후폭풍으로 도시의 건물들이 도미노처럼 무너져 내렸다.

대마신관은 비릿한 미소를 지으며 이 엄청난 광경을 바라보고 있었다.

그는 자신의 목적을 위해 무엇이든 할 수 있는 위인이었다.

"크큭, 평소에 마신관들에게 '붐 포이즌'을 꾸준히 복용시킨 보람이 있었군."

붐 포이즌(Bomb Poison).

바로 생명체를 움직이는 폭탄으로 만드는 독이었다.

주입한 자가 익스플로전 스트라이크 주문을 외치면 복용한 생명체가 폭발하는 잔인한 독이었다.

대마신관은 자신의 주변에 있는 마신관들에게 평소에 몰래 그것을 복용시켰다.

이것을 알지 못하는 마신관들은 자신들이 어찌 죽는지도 모른 채 폭발해서 죽고 말았던 것이다.

"너희의 희생으로 마계에 닥친 위험을 제거했다, 크큭. 그러니 나를 원망하지 말고 마계를 위해 몸을 바쳤다고 생각하거라."

조금의 감정도 섞여 있지 않은 말투로 중얼거리더니 영웅 일행의 시신도 확인하지 않은 채 등을 돌리고 돌아가려 하는 대마신관이었다.

그 순간 온몸이 찌릿할 정도의 살기를 느낀 대마신관은 재빨리 배리어를 펼쳤고, 엄청난 충격이 대마신관을 덮쳤다.

쩌엉-!

"크흑!"

대마신관은 자신을 공격한 자가 누구인지 파악할 시간도 없이, 이어지는 공격을 막기 위해 혼신의 힘을 다했다.

까강—!

이윽고 대치 상태가 되면서 자신을 공격한 상대가 누구인지 확인하게 된 대마신관은 놀란 눈으로 자신을 공격한 상대를 바라보았다.

그는 바로 아더였다.

"헉! 머, 멀쩡하다니? 그, 그럴 리가!"

"배리어는 너만 사용한다고 생각하는 건가?"

"이, 일반적인 배리어로는 붐 포이즌의 폭발을 막을 수 없어!"

"그렇군, 어쩐지 폭발이 심상치 않더라니. 붐 포이즌이었군. 그런 잔악한 독을 쓰다니 네놈은 살아 있을 가치조차 없는 쓰레기구나."

"붐 포이즌을 알아? 너는 인간이 아니구나! 그렇지?"

대마신관의 물음에 아더가 입가에 미소를 지으며 말했다.

"그렇다. 나는 레드 드래곤, 헤레이스 아더다."

"헤, 헤레이스 아더? 광룡 아더?"

"아, 네놈들이 나를 그렇게 부르긴 했었지."

아더가 자신의 정체를 밝히자 대마신관이 기겁하며 황급히 거리를 벌렸다.

"네놈은 죽었다고 들었는데?"

"죽은 거나 다름없었지."

아더의 말에 대마신관의 동공이 세차게 흔들렸다.

광룡 헤레이스 아더.

마계에서 그를 지칭하는 별명이었다.

마인들만 보면 눈이 뒤집히고 마인들과의 전투에서는 평소 그가 가진 힘이 두 배 더 강해지기로 유명한 드래곤이었다.

그래서 많은 마인들뿐 아니라 최상급 마족들마저 그 이름을 두려워하며 피할 정도였었다.

마왕들도 고개를 절레절레 흔들 정도의 미친 드래곤이 바로 아더였던 것이다.

마계에서 중간계와 인간계를 침공할 때 제일 먼저 처리하기 위해 찾아다녔던 요주의 인물 역시 아더였다. 하지만 결국 찾지 못했고, 죽은 것이라 생각하며 마음 편하게 인간계를 침공했었다.

그런데 하필 지금 이곳에 모습을 드러내다니.

대마신관은 오늘 자신의 일진이 사납다고 느꼈다.

아더라면 붐 포이즌이 통하지 않을 확률이 높았다.

그는 마계에서도 최상위급 강자로 분류하는 괴물이었으니까.

"크읔! 광룡이라면 붐 포이즌이 통하지 않는 것이 이상하지 않지. 네놈을 피해 이곳을 벗어나는 것 또한 늦었다는 것도 알고 있고……."

"잘 아네. 그럼 순순히 따라와라."

"뭐? 날 죽이지 않는다고?"

"마음 같아서 한 방에 네놈을 죽여 버리고 싶지만, 나의 주인께서 널 살려 오라 하셨다."

"주인? 주인이라니? 광룡에게 주인이 있었다고?"

아더의 입에서 나온 주인이라는 단어에 지금까지 담담하게 말하던 대마신관의 언성이 급격하게 올라갔다.

"그, 그걸 지금 나더러 믿으라는 소리인가?"

"믿든 안 믿든 일단 가자."

퍼퍽-!

"무, 무슨 짓을 한 것이냐?"

"네놈 몸에 흐르는 기운을 홀드시켰다."

"뭐? 그, 그게 가능한 것이냐?"

"가능하다. 기가 움직이지 못하게 중요 통로를 막아 버리면 되니까. 내가 알던 세상에서 이것을 점혈이라고 하지. 너는 리치라 그런지 기운의 움직임이 단순해서 편하구나."

"그, 그런 마, 말도 안 되는 기술이 어디 있어!"

움직이지 못하고 입만 나불거리는 대마신관의 뒷덜미를 잡고 영웅이 있는 방향으로 몸을 돌려 그를 끌고 가는 아더였다.

"주인, 살려서 데려왔습니다."

광룡 헤레이스 아더의 주인을 보기 위해, 대마신관은 눈을 위로 굴려 영웅을 바라보았다.

아까 자신이 날린 기운을 다시 회수하는 말도 안 되는 능력을 보여 준 이.

영웅은 대마신관을 요리조리 훑어보며 신기한 눈으로 바라보았다.

"이야, 진짜로 생기가 조금도 없고 마기로만 움직이네? 이걸 뭐라고 한다고?"

"리치라고 부르고 있습니다."

아더의 설명에 대마신관은 자신의 처지도 생각하지 않고 버럭 했다.

"리치라니! 나를 그런 저급한 것으로 취급하지 마라! 나는 마신을 모시는 위대한 대마신관이다!"

자신을 단순한 리치로 취급하는 것에 울컥했는지, 그는 핏기 하나 없는 얼굴로 성질을 냈다.

하지만 영웅은 그런 대마신관에게 조금도 시선을 주지 않고 아더에게 계속 질문했다.

"그럼 고통도 못 느끼나? 아니지, 아까 내가 신성 공격을 하니까 고통스러워했는데."

영웅은 호기심이 생겼고 그 호기심을 해결하기 위해 신성 기운을 대마신관에게 주입했다.

반응은 곧바로 왔다.

"끄아아아악!"

몸에서 하얀 연기가 피어올랐다.

대마신관은 고통스러워하기 시작했다.

몸을 움직일 수 없기에 얼굴로만 고통을 표현하고 있었다.

영웅은 대마신관이 고통스러워하거나 말거나 여전히 그를 관찰하고 있었다.

그러고는 풍백과 운사를 불러 물었다.

"얘도 너희가 만든 창조품 맞지?"

영웅의 질문에 풍백과 운사가 고개를 끄덕였다.

"네! 그렇습니다!"

"뭐 이딴 걸 만들었어."

"균형을 잡기 위해 이것저것 실험을 하다가 만들어진 것 같습니다."

"그럼 얘를 원상태로 돌아가게 만들 수도 있겠네?"

"물론입니다. 지금 바로 원상 복구를 시킬까요?"

대마신관은 영웅과 풍백, 운사의 대화를 들으며 이들이 지금 무슨 말을 하는지 이해하기 위해 머리를 맹렬하게 가동하는 중이었다.

이들의 대화를 종합해 추론해 보자면, 지금 자신의 앞에 있는 남자에게 머리를 조아리는 두 사람은 자신들을 창조한 신이다. 그리고 그 신들은 한 사람에게 머리를 조아리고 있다.

그리고 더 어처구니가 없는 것이 자신의 몸을 원상태로 돌려 보라고 말하고 있었다.

대마신관은 자신도 모르게 피식 웃었다.

그 모습에 풍백의 이마에서 핏줄이 샘솟았고 대마신관을

노려보며 물었다.

"뭐냐? 그 웃음은? 지금 우리를 비웃은 것이냐?"

"크크, 그럼 말도 안 되는 말을 지껄이는데 웃음이 안 나오겠냐?"

"허어, 이놈이? 우리는 네놈을 창조한 신이다."

"크크크. 우리에게 신은 오직 마신님밖에 없다. 마신님께서 나에게 영원 불멸의 삶을 주셨지. 네놈들이 뭔 수를 써도 마신님께서 내게 내려 주신 이 삶을 바꿀 수 없을 것이다!"

"오냐. 일단 멀쩡하게 만들어 놓고 다시 대화를 이어 나가자꾸나."

"크크크, 해 봐."

대마신관의 말이 끝남과 동시에, 풍백은 인상을 찡그리며 대마신관의 머리에 손을 올렸다.

그와 동시에 창백했던 대마신관의 얼굴에 핏기가 돌기 시작했고, 초점 없이 하얗던 눈에도 검은색 동공이 생겨났다.

하얗게 탈색되었던 머리카락은 검게 변했고, 심지어 듬성듬성 빠졌던 곳마저 검은 머리카락으로 채워지고 있었다.

앙상했던 몸에는 살집마저 붙자, 이내 언데드가 아닌 멀쩡한 인간의 모습으로 변했다.

대마신관이 경악한 얼굴로 풍백과 변해 버린 자신의 몸을 번갈아 가며 바라보았다.

"마, 말도 안 돼……."

풍백은 대마신관을 인간으로 되돌리는 것으로 끝내지 않고 조금 전에 폭사한 리치들까지 되살렸다.

사방으로 퍼져 나간 뼛가루들이 회오리치듯이 몰려들더니 이내 인간의 모습으로 변했다.

뼈가 생겨나고 핏줄과 신경 들, 온몸에 장기들이 만들어졌다. 이윽고 근육까지 자랐고, 곧 피부가 그 근육을 덮기 시작했다.

민머리에서는 머리카락까지 빠른 속도로 자라나더니, 이내 건강한 신체를 가진 남성들이 알몸으로 바닥에 쓰러졌다.

털썩- 털썩-!

바닥에 쓰러진 남자들은 땅에 부딪히는 충격에 정신을 차리고 주변을 두리번거렸다.

"뭐지? 꿈을 꾼 것 같은데."

"분명 마신님께 기도를 올리고 있다가……. 누군가에게 습격을 당했던 것 같은데."

"그나저나 몸이 왜 이렇게 상쾌하지? 이게 얼마 만에 느껴 보는 상쾌함인지……."

남자들은 어리둥절한 표정으로 있다가 자신들의 몸을 보게 되었다.

"어? 뭐야! 이, 이게 무슨 일이야? 이, 인간으로 돌아갔잖아!"

한 남자는 자신의 피부를 꼬집어 보더니 충격에 빠진 목소리로 외쳤다.

"고, 고통이 느껴져! 지, 진짜로 인간이 되었어!"

"우리가 다시 인간이 되었다고? 그게 가능한 일이야?"

"이건 지금 우리가 꿈을 꾸는 건가? 아니면 죽어서 사후 세계에 온 건가?"

다시 살아난 이들의 반응은 전부 하나같이 믿을 수 없다는 반응들이었다.

대마신관 역시 산산조각 난 마신관들을 다시 인간으로 살려 내는 풍백을 보며 경악했다.

본인이 본인 입으로 신이라 하기에 믿지 않았는데, 지금 일어난 엄청난 광경은 신이 아니고서는 할 수 없는 일들이었다.

대마신관이 풍백을 보며 뒷걸음질을 치기 시작했고 이내 고개를 돌려 산산조각 난 마신상을 바라보았다.

풍백은 경악하는 대마신관에게 말했다.

"너희가 믿는다는 마신은 없다. 내가 너희를 창조한 신이다."

"주, 주신이라는 말씀입니까?"

"그렇다고 볼 수 있지. 너희가 나를 그렇게 부른다면 내 이름은 그것이겠지."

사실 이곳의 생명들은 풍백이 창조해 낸 것이 아님에도 풍백은 저리 연기를 했다.

물론, 같은 종족이 창조해 낸 세상이니 틀린 말은 아니었다. 심지어 이 세상을 창조한 자는 자신보다 계급이 한참 아래인 홍익인간이었으니.

즉, 이들이 알고 있는 주신이라는 존재보다 더 상위에 있는 강력한 존재라는 소리다.

어찌 되었든 풍백이 자신을 주신이라고 당당하게 말하자, 혼란에 빠진 대마신관이었다.

그런데 그런 대마신관을 더욱더 혼란스럽게 만드는 사람이 있었다.

바로 영웅이었다.

영웅은 도시 이곳저곳을 둘러보더니 풍백에게 말했다.

"도시 자체에 악기가 가득하네. 쟤를 신관으로 만들어서 도시를 관리하라고 시켜야겠어."

주신이라 말한 풍백에게 당당하게 하대하는 남자.

지금 이걸 어찌 해석해야 하는지 머리가 복잡해지는 대마신관이었다.

그런데 더 경악스러운 것은 주신이라고 말한 풍백이 자신에게 하대한 남자에게 머리를 조아리며 극경의 예를 다하고 있다는 거였다.

"폐하의 뜻대로 하시옵소서!"

자신들을 창조했다는 신이 누군가에게 고개를 숙이고 있다니.

영웅은 혼란스러워하는 대마신관에게 다가가 말했다.

"네 몸에 있는 악기를 모두 정화해 줄 테니 여기 도시도 잘 관리해라. 알았지?"

"그, 그게 무슨 말씀이신지?"

자신도 모르게 존대가 튀어나온 대마신관. 영웅은 그런 대마신관을 바라보고는 웃으며 그의 머리에 손을 올렸다.

대마신관은 자신의 머리에 영웅의 손이 올라오자 긴장했지만, 곧 그 긴장은 환희로 바뀌었다.

영웅이 대마신관의 몸 안에 있는 마기와 악기를 모조리 정화하자, 지금까지 한 번도 느껴 보지 못했던 감정들이 대마신관을 덮치고 있었다.

환희, 기쁨, 행복, 전율.

정말로 자신의 모든 것이 정화되는 기분이었고 지금까지 느껴 보지 못했던 상쾌함이 대마신관의 온몸을 휘감았다.

영웅의 손이 머리 위에서 떠나자 눈을 뜬 대마신관이 영웅을 올려다보았다.

그의 눈은 정화되기 전처럼 탁한 것이 아니라 청명했고, 찡그리던 인상은 환한 미소를 머금은 얼굴이 되어 있었다.

대마신관은 영웅을 바라보며 물었다.

"당신은 누구십니까?"

대마신관의 질문에 영웅은 미소를 지었고, 그에 대한 대답은 옆에 있던 풍백이 대신 해 주었다.

"모든 신의 왕이시다. 네놈이 앞으로 받들어 모셔야 할 분이시기도 하지."

풍백의 대답에 대마신관이 고개를 조아리며 말했다.

"따르겠습니다, 나의 주인님이시여."

고개를 숙이며 인사를 올리는 그의 몸에선 마기가 아닌 신성력이 피어오르고 있었다.

"너의 이름은?"

영웅의 물음에 대마신관이 더더욱 고개를 조아리며 대답했다.

"미천한 저의 이름은 비보르입니다, 나의 주인이시여."

"비보르……. 별로 마음에 들지 않는군. 네 이름은 앞으로 미리엘이다. 네가 앞으로 관리하고 지켜야 할 도시 역시 정화해 주겠다. 앞으로 잘 부탁한다."

"주인의 명을 받드옵니다. 신 미리엘, 목숨을 바쳐 도시를 지키겠나이다."

대마신관 비보르, 아니 이제는 대신관 미리엘로 다시 태어난 그였다.

그와 동시에 되살아난 나머지 마신관들 역시 정화되어 영웅을 받드는 신관이 되었다.

아까와는 달리 선한 눈빛과 마기가 아닌 신성력을 지닌 이들.

그들을 바라보며 흐뭇하게 미소 지은 영웅은 손을 들어 허공을 휘저었다.

영웅의 손짓에, 도시 하늘 위로 천상으로 향하는 입구처럼 따뜻하고 밝은 빛을 발광하는 성스러운 소용돌이가 생겨났다. 곧 도시 전체를 뒤덮고 있던 악기가 그 안으로 맹렬하게 빨려 들어가기 시작했다.

사람들은 이 신비한 광경에 하나둘 집 밖으로 나오고 있었다.

하나같이 피골이 상접하고 눈빛은 죽어 희망이라고는 찾아볼 수도 없는 모습들이었다.

그들은 하늘 위에서 검은 기운을 빨아들이는 신성한 소용돌이를 바라보았다.

"따, 따듯해."

"어, 얼마 만에 느끼는 포근함이지?"

"주, 주신께서 돌아오신 건가?"

"주신이시여! 제발 저희를 굽어살펴 주시옵소서!"

사람들은 엄마의 품속 같은 따뜻함에, 조금씩 희망찬 눈빛으로 잊었던 신에 대한 기도를 올리기 시작했다.

그 순간 사람들 몸 안에 있던 나쁜 기운들이 검은 연기가 되어 빠져나오기 시작했다.

난생처음 느껴 보는 상쾌함에, 사람들의 어두웠던 표정들이 점차 밝게 변해 갔다.

"아아! 신께서 우리에게 축복을 내리시는 것이 틀림없어!"

"우리는 구원받은 거야!"

"내가 뭐랬어! 신께서 우리를 버리실 리가 없다고 했잖아!"

"믿습니다! 주신이시여!"

도시 전체를 가득 메우고 있던 절망의 기운이 소멸해 가고 있었다.

신관들과 주민들은 영웅이 정화한 도시를 빠르게 안정시켜 나갔고, 마계에 정복되었던 타락한 신성도시를 다시 원래의 신성한 신성도시로 탈바꿈해 갔다.

그렇게 그 도시는 마계에 정복된 곳 중 처음으로 마계의 영향력에서 벗어나게 되었다.

풍백과 운사는 그들을 위해 도시를 깨끗하게 바꿔 주고, 그들이 배불리 먹을 수 있도록 대지와 강에 축복을 내려 주었다.

사방에 꽃과 나무가 울창하도록 바꾸어 준 후, 더는 마족이 이곳을 침범하지 못하도록 신성 결계를 펼쳐 주었다.

이 결계는 마계 전체가 몰려와도 풀 수 없는 결계였다.

덕분에 이제 이 도시는 그 어떤 악도 침범할 수 없는 도시가 되었다.

도시 사람들은 자신들을 절망에서 구원해 준 영웅을 경배하며 그를 배웅하였다.

인류 최후의 보루, 액시온제국.

대륙에서 명성을 날리는 강자들이 이 엑시온제국으로 속속들이 모여들고 있었다.

마계와의 전쟁은 중간계를 초토화시켰고, 이들에게 승산은 없어 보였다.

승산이 없어 보이는 싸움에도 이들이 이렇게 희망을 가지고 모일 수 있었던 이유는 단 하나였다.

주신의 은총.

엑시온제국의 국보이자 중간계 마지막 희망이었다.

마계대전에서 적들과 싸우다 장렬하게 전사한 대신관은 죽기 전에 예언을 남겼다.

주신의 은총이 밝게 빛나는 날, 주신께서 보내신 영웅이 내려와 중간계를 구원할 것이라는 예언이었다.

사람들은 믿었다.

아니, 믿고 싶었는지도 몰랐다. 이런 희망마저 없다면 정말로 절망에 빠져 아무것도 하지 못할 테니까.

이곳에 모인 강자들은 인류 최후의 보루인 주신의 은총을 지키기 위해 총력을 다하고 있었다.

그리고 마계의 침공을 몇 번 막아 내기까지 했다.

하지만 이들은 모르고 있었다. 아니, 착각하고 있었다.

자신들의 능력으로 엑시온제국을 지켜 냈다고 말이다.

실상은 대마왕이 엑시온을 살려 둔 것이다. 발버둥 치는 중간계 종족들의 모습을 즐기기 위해 말이다.

그것을 알 리 없는 사람들은 마왕들이 주신의 은총을 두려워한 나머지 엑시온을 침공하지 못한다고 생각했다.

정작 마왕들은 이들이 그토록 의지하고 믿는 그 주신의 은총을 조금도 신경 쓰지 않고 있었다.

그깟 목걸이 하나로 전세가 뒤바뀌리라고는 생각하지 않았고, 또 그들이 그토록 기다리는 영웅이 정말로 등장할지 그것도 궁금했다.

영웅이 등장한다면 더더욱 좋다고 생각했다.

그 영웅을 모든 이들이 보는 앞에서 비참하게 짓밟고 그것을 지켜보는 이들이 절망하는 모습을 보고 싶었다.

물론 영웅이 나타나지 않아도 상관없었다.

오랫동안 영웅이 나타나지 않는다면 중간계 종족들은 오히려 더더욱 절망에 빠질 것이고 알아서 무너질 것이다.

중간계는 현재 엘프족과 드워프, 그리고 인간족이 서로 협동하여 저항하고 있었지만, 많은 수가 줄어 그것마저도 힘겨워지고 있었다.

이들에게 큰 힘이 되어 주어야 할 중간계의 조율자라는 드래곤들도 겨우 여섯 마리만 남았을 뿐이었다.

여섯 마리로는 한 명의 마왕조차 상대할 수 없었다.

중간계를 정복하기 위해 오랜 시간 동안 이를 악물고 준비를 한 만큼, 마계의 마왕들은 역대 최강으로 강했다.

그런 마왕들을 하나로 묶은 사상 최강의 대마왕까지 있었기에, 마계를 상대로 인간들이 승리한다는 것은 불가능에 가까웠다.

물론 그렇다고 인간계에 형편없는 자들만 남아 있는 것은 아니었다.

인간계를 대표하는 강자들인 마스터 세븐이 여전히 건재했고, 이들이 모두 모인 엑시온제국은 본래 모든 대륙 통틀어서 가장 거대한 영토와 가장 많은 인구를 보유한 나라였다.

군사력 또한 모든 대륙 통틀어서 가장 강했으며, 그런 군사력을 유지하기 위한 자원과 먹거리 또한 풍부했다.

한마디로 축복받은 영토를 지닌 제국이었다.

그랬기에 인간들이 작은 희망을 품고 버티고 있는 것인지도 몰랐다.

하지만 여전히 절망적이고 암울한 현실 또한 사실이었다.

그런 그들에게 한 가지 소식이 날아 들어온다.

엑시온제국의 황제는 마스터 세븐과 드래곤들, 그리고 드워프, 엘프 종족의 족장들과 앞으로의 일에 관해 이야기하고 있었다.

그때 바깥의 정보를 담당하고 있는 정보 담당자가 문을 열고 들어와 밝은 얼굴로 이들에게 희소식을 전했다.

"그게 사실이냐? 저, 정말로 신성도시가 정화되었단 말이냐?"

"그렇습니다! 신성도시에 있던 첩보원으로부터 온 확실한 소식입니다. 조금 전에 수정 구슬을 통해 소식을 전했습니다."

"허어, 신성도시가 정화가 되었다니……. 이걸 믿어야 할지……. 그래, 자세히 좀 말해 보아라."

"네! 도시에 있던 마인들을 붉은 머리를 한 남성이 모조리 정리하고 그 남성의 동료로 보이는 자가 혼자서 도시에 신성한 기운을 내려 정화했다고 합니다."

붉은 머리의 남성이라는 소리에 회의실에 있던 드래곤들이 고개를 갸웃거리며 말했다.

"붉은 머리라고? 붉은 머리는 레드 드래곤이 인간으로 폴리모프를 했을 때 나타나는 현상인데."

"레드 드래곤은 예전에 헤레이스 아더를 끝으로 멸종했다. 존재할 리가 없지. 마왕 놈들이 무언가 술수를 부린 것이 분명하군."

"내 생각도 마찬가지다. 거기에 이렇게 대놓고 자신의 드러내고 움직인다고? 그건 더더욱 말이 안 되는 것이지."

"어딘가에서 살아남은 레드 드래곤 일족일 확률은?"

푸른 머리를 한 남자의 물음에 황금빛 머리를 한 남자가 고개를 저었다.

"그럴 확률은 더 희박하지. 더군다나 이야기를 들어 보면 폴리모프를 한 상태에서 신성도시에 있는 마족들을 정리했다는 소리가 아닌가. 일족의 체계적인 훈련을 받아도 그건 힘들어."

푸른 머리의 말에 그곳에 있는 사람들이 침울한 표정을 지었다. 작은 희망이라도 바라는 마음이 컸기에 기대했지만, 나오는 내용은 전부 절망적인 이야기들뿐이었다.

"홀로 신성도시에 있는 마족들을 정리했다는 것도 믿을 수 없지만, 신성도시를 정화했다는 것도 믿을 수가 없다. 확실한 것이냐?"

"일단 저는 보고서에 올라온 그대로 말씀드리는 것입니다."

"아무래도 그곳에 파견한 정보원이 걸린 모양이군. 이건 놈들이 우리를 조롱하기 위해 보낸 거짓 정보야."

"나도 그렇게 생각하네. 그 도시를 정화하려면 남아 있는 신관들이 전부 가서 수십 일 동안 신성력을 퍼부어야 할 텐데, 겨우 한 명이 정화했다니. 대놓고 우리를 우롱하는 거네."

"혹시 또 모르지. 이제껏 겁먹어 숨어 지내던 주신이 세상에 내려온 것인지도."

블루 드래곤의 말에 골드 드래곤이 벌떡 일어나 분노의 일갈을 날렸다.

"레이든! 당장 그 신성모독적인 말을 취소해라!"

"신성모독? 주신을 가장 가까이서 모셨던 위대하신 골드 드래곤님. 주신께서 그대의 기도에 응답하신 것이 언제입니까? 기억은 나십니까?"

"그, 그건……."

"주신은 없어! 진짜로 있었다면 우리 드래곤 일족이 전멸할 때까지 바라만 보진 않았겠지."

"아니다! 뭔가 이유가 있으실 것이다! 그분은 우리를 창조하신 분이다! 우리를 버리실 리가 없어!"

골드 드래곤과 블루 드래곤의 다툼에 그곳에 있는 다른 종족들은 쥐 죽은 듯이 그들의 눈치만 살폈다.

그런 이들을 블랙 드래곤이 말렸다.

"그만! 이게 지금 뭐 하는 짓이야? 주변을 봐. 너희가 내뿜는 드래곤 피어 때문에 다들 겁먹었잖아."

블랙 드래곤의 말에 마지못해 자리에 앉는 두 드래곤이었다.

골드 드래곤은 아직도 분이 풀리지 않는지 씩씩거리다가 다시 자리에서 벌떡 일어나 말했다.

"좋아! 내가 사실인지 아닌지 직접 가서 확인하고 오겠다!"

"뭐? 미쳤어?"

"제정신이다! 어이, 황제!"

다른 드래곤들의 말에 대충 대답해 준 골드 드래곤이 엑시
온 황제를 불렀다.

"네! 말씀하십시오."

"신성도시 좌표 있지?"

"네! 이, 있습니다!"

"내놔. 내가 직접 가서 확인하겠어."

"부디 진정하십시오."

황제는 지금 이 상황에서 가장 중요한 전력인 드래곤이 하
나라도 줄어드는 것을 극도로 경계했다.

그런 황제의 마음을 아는지 골드 드래곤이 그를 달래며 말
했다.

"그냥 몰래 가서 확인만 하고 올 거야. 걱정하지 마라."

"아, 알겠습니다."

황제는 재빨리 사람을 시켜 신성도시의 좌표를 가져왔다.

골드 드래곤이 받은 좌표대로 이동하려던 순간, 블루 드래
곤이 일어나 다가왔다.

"뭐야? 끝까지 시비 걸 생각이야?"

"아니, 같이 가자."

"뭐?"

"같이 가자고. 나도 궁금해서 그런다."

말은 그렇게 하지만 블루 드래곤의 표정에는 걱정이 가득
했다.

골드 드래곤은 블루 드래곤의 표정을 보고는 속으로 피식 웃었다.

하지만 겉으로는 티 내지 않고 툴툴거리며 말했다.

"쳇! 가서 방해나 되지 말라고."

"흥! 너나 잘해."

"그럼 간다."

"응."

파팟-.

서로 툴툴대면서 사라지는 둘을 보며 황제가 걱정 가득한 모습으로 중얼거렸다.

"휴우, 별일 없어야 할 텐데."

황제의 말에 블랙 드래곤이 말했다.

"걱정하지 마라. 둘이 같으니 별일 없을 것이다. 저렇게 티격태격거려도 저 둘이 힘을 합쳤을 땐 누구보다 강하니까."

블랙 드래곤의 말에도 여전히 불안한 마음을 떨쳐 내지 못하는 황제였다.

⌒⌒⌒

"말도 안 돼."

"지, 진짜였어? 그 허무맹랑한 정보가?"

골드 드래곤과 블루 드래곤은 투명화 마법을 건 채 신성도시로 좌표 이동을 했다.

이내 그들은 눈앞에 펼쳐진 광경에 경악했다.

삭막했던 도시엔 활기가 넘쳐흘렀고 도시를 감싸고 있던 죽음의 기운은 흔적조차 찾아볼 수가 없었다.

"이, 이건 신성력이야. 알브레도, 너도 느껴져?"

"어, 나도 느껴져. 지금까지 느꼈던 그 어떤 신성력보다 진하고 강렬한 기운이."

"알브레도, 정말로 주신께서 돌아오신 것일까?"

"이 거대한 도시에 이런 엄청난 신성력을 가득 채운다라…… 주신님이 아니면 불가능해."

골드 드래곤 알브레도의 말에 블루 드래곤 레이든의 안색이 창백하게 변했다.

이곳에 오기 전에 한 신성모독 발언이 마음에 걸렸다.

"드, 들으신 것은 아니겠지?"

"모르지. 너무 걱정하지 마라. 그 상황에서는 누구든지 원망했을 테니. 아마 주신께서도 그 정도는 애교로 넘어가 주지 않으실까?"

"그, 그러시겠지?"

"그런데 왜 신성도시만 정화하셨을까?"

"그분께서는 항상 그러셨잖아. 자신의 개입은 최소화하시면서 우리의 힘으로 역경을 극복하길 바라시잖아. 분명 이곳을 정화하신 이유가 있을 거야."

"일단 도시를 돌아다니며 정보를 모아 보자."

레이든의 말에 알브레도가 고개를 끄덕였다.

둘은 투명화 마법을 풀고 도시 곳곳을 돌아다니며 사람들에게서 정보를 얻기 시작했다.

사람들이 하는 말은 하나같이 똑같았다.

하늘에 눈이 부실 정도로 밝은 소용돌이가 생겨났고, 그 소용돌이 속으로 검은 기운들이 모조리 흡수되었다고 했다. 이어 몸이 상쾌해지면서 황홀한 기분이 느껴졌다고 했다.

몸 안의 사기가 정화될 때 일어나는 현상이었다.

사람들의 증언을 들은 둘은 재빨리 신전으로 발걸음을 옮겼다.

이들이 마지막으로 이곳을 봤을 때 주신을 모시던 신전은 이미 마족들에게 점령당해 마신상이 떡하니 자리하고 있었다.

마신상을 박살 내기 위해 왔지만, 그때 대마신관이라는 놈에 의해 실패한 경험이 있었다.

그리고 둘은 당황한 표정으로 신전 앞에 서 있었다.

"네, 네가 어찌 이곳에?"

"비, 빌어먹을! 하, 함정이었나?"

"함정일 리가 없잖아! 우리를 잡겠다고 자기네들에게 상극인 신성력을 도시 전체에 펼쳐 놓는다고?"

"그럼 지금 이게 무슨 상황이냐고!"

둘 앞에 나타난 존재.

그리고 이들을 더더욱 당황하게 만든 존재.

바로 예전에 마신상을 필사적으로 보호하던 그때의 대마신관이었다.

"그럼 저놈은 뭔데! 저놈이 왜 여기에 있냐고!"

"나한테 묻지 마! 나도 지금 이 상황이 당황스러운 것은 똑같으니까!"

당황하는 두 드래곤을 향해 천천히 걸음을 옮기는 인물.

과거 대마신관이었으나 지금은 신관으로 바뀐 미리엘이었다.

인간으로 완전히 탈바꿈했음에도 알아볼 수 있었던 것은 얼굴이었다.

리치일 때의 모습이 그대로 남아 있었기 때문에 두 드래곤이 놀란 것이다.

"과거 한 번 뵌 적이 있던 드래곤 형제님들이시군요."

오싹-.

미리엘의 말투에 두 드래곤은 온몸에 소름이 돋는 것을 경험했다.

재빨리 거리를 벌리고 주변을 경계하며 물었다.

"너, 너. 마, 마신을 숭배하던 놈 아니야? 지, 지금 이게 무슨 짓이지?"

"무슨 짓이라니요. 보다시피 개종했습니다. 제가 이제 모셔야 할 분은 오직 그분뿐입니다."

"그분이라니? 주신님을 말씀하는 건가?"

드래곤의 물음에 미리엘이 고개를 저었다.

"그보다 더 위에 계신 분입니다. 주신도 그분의 종일뿐이지요."

"뭐? 그, 그걸 지금 우리더러 믿으라고?"

두 드래곤이 믿기지 않는 표정으로 되묻자 미리엘이 인자한 미소를 지으며 말했다.

"전부 사실입니다. 저는 보았습니다. 주신이라는 존재가 그분께 경배하는 모습을. 그리고 이 도시와 저를 새롭게 다시 태어나게 만들어 주셨습니다."

말을 하는 미리엘의 몸에서 나오는 엄청난 신성력을 느낀 두 드래곤은 안정이 되기보다 오히려 더더욱 흥분하기 시작했다.

"지, 진짜라고? 지, 진짜로?"

"어, 어떻게?"

"머지않아 그분을 뵙게 될 것입니다. 지금 세상을 구경하시며 곳곳에 있는 신성도시들을 정화한다고 하셨으니, 곧 그분이 그대들이 있는 곳도 방문할 것입니다. 그러니 그분을 맞이할 준비를 하십시오."

미리엘의 말에 두 드래곤은 어느새 경계심이 풀린 모습으로 멍하니 미리엘을 바라보고 있었다.

그러다가 주변에 돌아다니는 신관들을 보았다.

하나같이 몸에서 순수한 신성력을 풍기며 돌아다니고 있었다.

"엑시온제국에 있는 신관들보다 더 진하고 순수한 신성력이야."

그제야 이들은 실감했다.

이곳에 정말로 신이 다녀갔음을.

그 신이 주신인지, 아니면 미리엘이 말한 대로 정말로 그 상위 존재인지 알 길은 없었다.

하지만 한 가지는 확실했다.

절대로 마계의 함정은 아니라는 것.

"진짜로…… 도시가 정화되었어."

"신께서 우리를 구원하러 내려오신 거야."

"주신보다 더 상위의 존재라니…… 이걸 믿어야 해?"

"눈에 보이니 안 믿을 수도 없고…… 일단은 다시 돌아가자. 돌아가서 이 사실을 전해 주고 다시 이야기해 보자."

"그래."

두 드래곤은 다시 한번 미리엘을 바라보았다.

미리엘은 자신을 바라보는 두 드래곤에게 인자한 미소를 지으며 고개를 숙였고 이내 두 드래곤은 자취를 감추었다.

그들이 사라진 장소를 바라본 미리엘은 미소를 지으며 중얼거렸다.

"언제나 그분의 축복이 함께하시길."

⚊⚊⚊

구 카렌제국 남부 디스페어 정글.

빽빽이 들어선 나무들과 온갖 독충, 그리고 포악한 몬스터들이 바글거리는 정글.

그곳의 중심에는 하늘에 제사를 지내기 위해 만든 듯한 거대한 피라미드가 자리하고 있었다.

피라미드 내부에는 중간계 침공의 주력대인 마군단의 군단장들이 돌로 만든 원탁을 중심으로 둘러앉아 이야기를 나누고 있었다.

그들의 주 이야기는 엑시온제국에 관련된 이야기였다.

"엑시온은 언제까지 놔둘 것인지 전해 들은 것 없어?"

사자의 모습을 한 3군단장 아슬란이 팔짱을 낀 채 지루한 표정으로 물었다.

그러자 옆에 있던 독수리 모습을 한 4군단장 그리폰이 낄낄거리며 말했다.

"왜? 몸이 근질근질하냐?"

"쳇! 도대체 언제까지 저놈들을 지켜만 봐야 하냐고!"

아슬란의 투덜거림에 악어 모습을 한 2군단장 카이드만이 벽에 등을 기댄 채 자신이 들은 이야기를 말해 주었다.

"내가 들은 이야긴데, 대마왕께서 저들이 그토록 기다리는 영웅을 보길 원하신다."

"뭐? 그 허무맹랑한 이야기 말이야?"

"크크크, 그래. 그 허무맹랑한 이야기. 뭐가 되었든 대마왕님께서 그걸 보고 싶어 하시니 그저 우리는 명대로 기다릴 뿐이다."

"젠장! 겨우 그런 이유였다니."

"그래도 재밌지 않아? 어차피 중간계 대부분은 점령했고 남은 건 엑시온뿐인데 저놈들이라도 있어야 소소한 재미라도 생기지."

"소소한 재미?"

"그래, 희망이 있는 놈들은 발버둥을 치거든. 그 예로 이미 점령당한 곳들에서도 저항하는 놈들이 나오잖아. 그 소소한 재미라도 없으면 이 지겨운 중간계에서 무슨 재미로 살겠어."

"하긴……. 그래도 허무한 건 어쩔 수 없군."

엑시온제국을 놔두는 이유를 알고 나니 더더욱 진이 빠진 아슬란이 투덜거리고 있을 때.

창밖을 바라보던 양의 모습을 한 1군단장 프로바토가 저 멀리서 날아오는 전령을 발견했다.

"전령이 오는군. 뭔가 재미난 소식이라도 있으려나?"

"오! 전령이 온다고? 이게 얼마 만이냐?"

"크크크. 뭘까? 뭘까? 엑시온을 공격하라는 명령이라도 되려나?"

"그럼 순서를 정해야지. 누가 선봉에 설 것인지."

반년 만에 오는 전령의 모습에, 다들 두근거리는 모습으로 어서 빨리 도착하기를 기다렸다.

이윽고 도착한 전령은 이들 앞에 엎드리며 보고를 올렸다.

"보고 드립니다! 엑시온을 향하는 길목에 있는 도시들이 정체를 알 수 없는 자들에게 정화되고 있다고 합니다! 그 도시를 담당하던 마신관에게서 연락마저 끊겼다고 합니다."

"정화?"

"말귀를 못 알아듣냐. 말이 좋아 정화지, 우리 애들이 당했다는 소리잖아."

"아! 그 정화. 재밌네. 어떤 놈들이냐?"

카이드만의 물음에 전령이 고개를 더욱더 숙이며 말했다.

"그, 그것은 아직……. 대마왕님께서 명령을 하달하셨습니다. 마군단 중 하나가 나서서 소란을 일으키는 놈들을 산 채로 잡아 오라는 명입니다!"

"산 채로?"

"네! 직접 처리하신다고 합니다."

전령의 말에 아슬란이 시큰둥한 표정으로 투덜거렸다.

"뭐야. 대마왕님도 심심하셨고만. 그냥 엑시온 치자니까는."

"야, 엑시온이라도 있으니까 이런 잔재미가 있는 거라니까. 그마저 없어 봐라. 마계나 중간계나 뭔 차이냐?"

"하긴. 그럼 내가 가지 뭐."

아슬란의 말에 순간 방 안의 분위기가 묵직해졌다.

사방에서 마기들이 넘실거리며 살기 가득한 눈빛이 아슬란을 향하고 있었다.

"아슬란, 우리의 규칙이 있을 텐데?"

마군단장들끼리의 암묵적인 규칙.

바로 서로 하고 싶어 하는 일은 내기를 통해 정한다는 것.

아슬란은 살벌한 분위기를 감지하고는 재빨리 표정을 바꾸며 군단장들을 달랬다.

아무리 자신이어도 세 명의 군단장과의 싸움은 죽음으로 가는 길이었으니까.

"농담이다, 농담!"

"그런 농담 재미없다."

"알았어! 알았다고! 자, 진정하고 정하자."

네 군단장은 빙 둘러 모여 가위바위보를 하기 시작했다.

"아! 젠장!"

"빌어먹을 손가락! 거기서 왜 오므리고 지랄이야!"

"아깝다!"

"크하하하! 내가 이겼다!"

양의 모습을 한 1군단장 프로바토가 펼친 손바닥을 하늘 높이 치켜들고 기뻐했다.

그리고 안타까워하는 마군단장들을 둘러보며 외쳤다.

"크크크. 나 즐기고 오마, 집 잘 지켜라!"

"어서 꺼져!"

"야! 올 때 소나 몇 마리 잡아 와라."

"오냐! 나 다녀오마!"

프로바토가 신이 난 표정으로 문을 박차고 자신의 군단이 있는 방향으로 날아갔다.

＊

엑시온제국을 향해 가는 길.

그 길에 있는 도시와 성은 영웅에 의해 정화되고 있었다.

정화된 도시들에선 언제 절망했냐는 듯 희망찬 하루하루가 시작되었고 웃음소리가 끊이질 않고 새어 나왔다.

마족들에 의해 언데드가 되었던 사람들마저 부활하여 예전의 모습으로 돌아왔고, 인적 없이 을씨년스러웠던 도시들은 사람들로 바글거리기 시작했다.

축복의 도시 판테라.

이 도시를 다스리는 자들은 과거 마왕군에 몸담았던 자들이었고, 현재 영웅에 의해 정화되어 새로운 삶을 살게 된 자들이었다.

판테라의 시장을 맡은 마족은 원래 이 도시를 다스리라고 마왕이 보낸 마계의 귀족이었다.

마계의 귀족답게 영웅이 지금까지 정화한 도시 중에서 가장 격렬하게 저항한 인물이었다.

하지만 영웅에게 저항의 무의미했다.

오히려 가장 마음에 들어 하며 적극적으로 교육을 시전했고 마족은 반항한 것을 후회했다.

그의 이름은 데이안.

평화로운 도시를 자신의 성 위에서 느긋하게 바라보던 그에게 수하가 다급한 목소리와 함께 들이닥쳤다.

"시장님! 마, 마군단이 오고 있습니다!"

수하의 보고에 데이안은 수하의 말에 잠시 어리둥절한 표정을 지었다가 이내 정신을 차리고 다시 밖을 바라보았다.

그랬더니 저 멀리 시커먼 것들이 먼지구름을 일으키며 다가오는 것이 보였다.

데이안은 눈에 기운을 불어 넣어 좀 더 자세히 보았다.

"지, 진격의 프로바토? 빌어먹을, 마군단장이 직접 나섰구나."

"프, 프로바토면 생긴 것과 다르게 잔인하다는 그……."

"상대가 프로바토면 성안의 병력으로는 상대할 수 없다. 지금 당장 주인님께 연락해!"

"알겠습니다!"

수하가 다급하게 달려나갔고 데이안은 다가오는 마군단을 바라보며 손톱을 연신 깨물었다.

"주인님께서 설치해 주신 방어막이 제대로 작동해야 할 텐데. 버틸 수 있을까?"

영웅이 설치해 주고 간 신성 결계가 과연 저들의 공격을 버틸 수 있을까 걱정하는 데이안이었다.

아직 경험해 보지 않았으니 불안해하는 것은 당연했다.

그렇게 걱정하며 안절부절못하는 사이, 프로바토가 이끄는 마계 제1군단의 수만 병력이 판테라의 거대한 성벽을 빙 둘러싸고 있었다.

프로바토는 판테라의 성벽을 이리저리 바라보다가 앞으로 나서서 숨을 크게 들이마신 뒤에 크게 외쳤다.

"책임자 나와라!"

프로바토의 음성이 성안 곳곳에 울려 퍼졌다.

자신을 부르는 목소리에 데이안은 고민하다가 이내 결심하고 발걸음을 성벽 쪽으로 옮겼다.

성벽에 모습을 드러낸 데이안의 모습에 프로바토가 의아한 표정을 지었다.

"어, 뭐야? 마족이었냐? 뭐지? 여긴 아직 놈들이 안 왔나?"

4장

데이안의 머리 위에 솟아 있는 뿔을 보고는 대번에 마족임을 눈치챈 프로바토가 혼란스러운 눈빛을 보였다.

그리고 뒤에 자신의 부관에게 물었다.

"뭐야? 여기도 놈들에게 점령이 되었다며? 저거 안 보여? 마족이잖아."

"그, 그게 저도 잘……. 저도 전달받은 거라."

"확인 제대로 안 하냐? 어?"

"죄송합니다."

부관에게 한마디 한 프로바토가 다시 성벽 위에 데이안을 바라보며 외쳤다.

"어이, 거기! 나는 제1마군단장 프로바토라고 한다! 너는 누구냐!"

프로바토의 반응에 데이안은 눈빛을 반짝였다.

잘하면 속여 넘길 수도 있을 것 같았다.

"알베르토 가문의 데이안이오! 명성이 자자한 프로바토 군 단장을 이렇게 만나 봬서 영광이오!"

"아! 알베르토 가문! 잘 알지!"

"여기는 무슨 일이시오?"

"이곳이 중간계 놈들에게 점령을 당했다는 정보가 와서 말이야. 그런데 잘못된 정보인 것 같군."

"그럴 리가……. 보다시피 이곳은 내가 잘 다스리고 있소."

"그렇군. 그런데 말이야……. 도시 안에서 풍기는 이 짜증 나는 기운은 뭐지? 응?"

"짜증 나는 기운이라니?"

프로바토의 말에 데이안이 긴장한 표정으로 그를 주시했다.

"아까부터 몸에서 두드러기가 나려 하거든? 이거는 신성력을 느낄 때 나오는 현상이거든. 그런데 왜 이 도시에서 그게 느껴지지? 응?"

프로바토의 눈이 검게 변하면서 데이안을 바라보았다.

"내가 도시 안을 좀 보게 성문을 열어 주지 않겠어?"

"그건 불가하다."

"불가하다? 하하하⋯⋯. 나는 지금 너에게 부탁을 하는 게 아닌데? 눈치가 없네."

프로바토의 몸에서 검은 마기가 뭉실거리며 새어 나오기 시작했다.

"문 열어. 때려 부수기 전에."

"그럴 수 없다!"

데이안의 반응에 프로바토가 그를 가만히 바라보았다.

풋―.

순식간에 자취를 감춘 프로바토가 어느새 데이안이 있는 정면까지 이동해 그의 목을 향해 손을 뻗었다.

갑작스러운 공격에 데이안은 미처 대응하지 못하고 잡힐 위기였다.

그때.

쩡―.

"크흑!"

데이안 앞의 투명한 막이 프로바토와 둘의 사이를 가로막았다.

프로바토는 투명한 막에서 나오는 신성력에 고통스러워하며 튕겨 나갔다.

튕겨 나간 프로바토의 신형은 성벽 아래로 떨어져 내렸다.

생각보다 큰 고통에 잠시 정신이 혼미해진 프로바토는 이내 정신을 차리고 몸을 빙글 돌려 바닥에 착지했다.

그리고 황당한 표정으로 성을 바라보았다.

방금 경험한 것으로 확실히 깨달은 것이다.

지금까지 기분 나빴던 이유를.

이 성 전체가 신성 결계로 감싸져 있었던 것이다.

"그래서 신성력이 잘 느껴지지 않은 것이었군."

신성 결계가 신성력이 밖으로 빠져나가지 못하도록 막고 있었다.

괜히 마족들의 시선을 끌 필요는 없으니까.

"신선하네. 전향한 마족에, 신성력에 아무렇지 않은 마족이라니. 크크크, 마계 역사상 이런 일은 처음이지 아마? 아주 신선해."

감탄인지 비꼬는 것인지 아리송한 말을 하고 있을 때 그의 부관이 옆으로 다가왔다.

"어찌할까요?"

부관의 말에 프로바토는 성을 한번 보고는 나직하게 말했다.

"전군 공격하라 그래. 결계의 힘이 약해질 때까지 마구 두드리라고 해."

"충!"

프로바토의 명을 받은 부관이 재빨리 뒤로 돌아 언제든지 뛰쳐나갈 자세를 취하고 있는 마군단에 외쳤다.

"전군! 진군하라!"

쿠워워워워-!

음메에에에-!

쿠르르르르-.

1군단의 마군들은 하나같이 거대한 양의 모습을 하고 있었다.

소용돌이처럼 돌돌 말린 뿔들이 갑옷처럼 그들의 얼굴을 보호하면서 위압감도 주고 있었다.

멀리서 보면 양 떼 수만 마리가 무기를 들고 성을 향해 몰려오는 것처럼 보였다.

양의 모습을 하고 있었지만 덩치는 거대한 소와 같았기에, 수만에 달하는 마군단의 돌진에 지축이 흔들리며 울렸다.

끼이익- 쿵-.

돌진하는 마군단들 머리 위로 거대한 투석기에서 쏘아지는 바위들이 성벽을 향해 날아갔다.

슈악- 슈아악-.

콰쾅- 쾅쾅-.

하지만 투석기에서 쏘아진 바위들은 성벽에 닿지 못하고 투명한 결계에 부딪혀 박살 났다.

바위들이 부딪힐 때마다 결계가 흔들리면서 본모습을 드러내었다.

마군단들은 일제히 달려들어 얼핏 얼핏 보이는 결계를 향해 몸을 날렸다.

떠떠떠떵– 떠떵–.

몸을 강하게 부딪친 마군은 이내 빙 둘러싸며 결계를 향해 각자 들고 있던 무기를 세차게 내려치기 시작했다.

떵– 떵떵–.

수만에 달하는 마군이 자신들의 기운을 양껏 무기에 담아 내려치자 결계가 일렁이며 요동치기 시작했다.

그리고 이내 조금씩 갈라지더니 결계 전체로 균열이 퍼졌다.

쩌적–.

파창–.

수만의 힘이었을까?

예상보다 빨리 깨져 버린 결계에 마군은 환호를 질렀다.

쿠오오오오–.

음메에에에에–.

이제 성벽을 향해 진격만 남아 있었다.

결계가 깨졌으니 인간들이 만든 성문을 향해 일제히 달려들기 시작하는 마군들이었다.

성벽 위에서 그것을 지켜보던 데이안의 표정이 굳었다.

설마하니 정말로 결계가 깨질 줄은 몰랐던 것이다.

'맙소사. 그분께서 설치해 주신 결계인데? 이렇게 쉽게? 프로바토의 공격에도 끄떡없던 것이?'

놀라기도 했지만, 한편으로는 뭔가 이상한 기분이 들었다.

결계가 너무 쉽게 깨져 나간 것이 수상했다.

무언가 함정으로 적들을 끌어들이기 위한 미끼 같은 기분이 들었다.

그리고 곧 자신의 예상이 맞았음을 알게 되었다.

성문을 향해 거침없이 돌진하던 마군은 갑자기 보이지 않는 무언가에 걸린 듯이 허우적거리면서 움직이지 못하고 있었다.

그 행동들이 마치 거미줄에 걸린 곤충을 보는 것 같았다.

뒤에 따라오던 마군은 앞에서 허우적거리는 마군을 구하기 위해 달려들었다가 같이 함정에 빠졌고, 그것이 계속 이어졌다.

절반에 달하는 마군이 보이지 않는 무언가에 걸려 움직이지 못하는 상태가 되자, 남은 절반의 마군은 진군을 멈추었다.

진군하던 자신의 군단이 멈추자, 프로바토가 고개를 갸웃거리며 말했다.

"뭐야? 저놈들이 왜 저래? 뭐가 있나?"

그렇게 생각하며 그곳으로 이동하려는 순간이었다.

"어후, 뭔 양 떼들이 이렇게 몰려 있어?"

어디선가 목소리가 들려왔다.

프로바토는 목소리를 듣자마자 이상하게 기분이 나빴다.

그냥 일이 꼬여서 나쁜 것이었을까?

자신도 모르게 이 순간에 자신들을 '양 떼'라고 표현한 놈을 잡아 먼저 죽이기로 마음을 먹었다.

　잔뜩 살기를 머금은 채 목소리가 들려온 방향으로 고개를 돌리자, 그곳에 거대한 마신상이 떡 하니 서 있는 것이 보였다.

　프로바토는 자신도 모르게 무릎을 꿇고 양손을 머리 위로 올리며 경배를 했다.

　마신상 앞에서는 이래야 했다.

　프로바토뿐 아니라 다른 마군 역시 마신상을 보자마자 한쪽 무릎을 꿇고 경배를 올렸다.

　다들 경건하게 경배를 올리던 그 순간.

　콰쾅-.

　콰르르르-.

　뭔가 무너지는 소리가 들려왔다.

　다들 설마 하는 마음으로 고개를 들자, 그들의 눈앞에는 처참하게 박살이 난 마신상과 그 옆에서 해맑게 웃고 있는 인간과 그의 일행이 보였다.

　"양 떼 새끼들이 인간처럼 행동을 하고 지랄이야. 양 떼 새끼들이면 양 떼 새끼들답게 저기 널려 있는 풀이나 뜯을 것이지."

　마신상을 부순 것도 모자라 감당할 수 없는 모욕적인 언사까지.

아예 대놓고 자신들을 도발하고 있었다.

순간 그곳에 있는 모든 마군이 일제히 인간을 찢어 죽일 기세로 노려보며 살기를 날리기 시작했다.

분노한 프로바토의 몸에선 엄청난 마기가 일렁거렸고, 그의 검은 망토가 세차게 펄럭거렸다.

그때 성벽 위에서 배신한 마족의 목소리가 들려왔다.

"주인님!"

프로바토는 이곳을 정화한 범인이 눈앞에 있는 저 인간이라는 것을 깨달았다.

"네놈이었구나, 쥐새끼가!"

"오오! 신기하네. 양 새끼가 말도 하네."

빠직-

프로바토는 더 이상 모욕을 참을 수 없었다.

그는 자신의 손에 들린 거대한 창을 세차게 돌리며 인간들을 향해 돌진했다.

"저놈은 내가 직접 죽이겠다! 아무도 움직이지 마라!"

훙훙훙-

거침없이 돌진하던 프로바토는 이내 하늘 높이 뛰어올라 인간을 향해 거대한 창을 내려찍었다.

쿠아아-

공기 가르는 소리와 함께 눈앞의 인간을 완전히 소멸할 기세로 날아가는 창이었다.

다들 생각했다.

저 인간들은 이제 흔적도 없이 사라질 것이라고.

그리고 자신들의 이 분노는 눈앞에 있는 성안에 있는 인간들에게 풀겠다고.

쩌정-.

"크흑!"

순간 프로바토의 창을 향해 한 인간이 손을 뻗었고, 그 인간의 손에 닿자마자 프로바토는 강력한 반발력에 튕겨 나갔다.

그 충격이 어찌나 심했는지 자신도 모르게 신음이 새어 나왔다.

프로바토는 공중에서 세 바퀴를 빙글빙글 돌다가 바닥에 착지했다. 그의 얼굴에는 믿을 수 없다는 표정이 가득했다.

도시를 정화하고 마족이 저 인간들에게 붙었을 때 예상은 했었다.

강할 것이라고.

그래서 전력을 다해 공격한 것인데, 눈앞의 인간은 자신의 예상보다 더 강했다.

"너, 너희는 누구냐?"

"나? 이 세상을 구원하기 위해 온 영웅이랄까?"

"뭐? 서, 설마! 네가 그 예언 속에 나오는?"

"예언?"

인간들의 정체는 영웅과 그 일행들이었다.

영웅은 프로바토의 말에 고개를 갸웃거렸다.

"모르나 보군. 알 필요는 없겠지. 네놈은 어차피 이곳에서 죽을 테니까!"

파앗-.

프로바토가 다시 영웅을 향해 돌진했다.

그때 영웅의 옆에 있던 블레스와 아더가 움직이려 했다.

"아, 내가 할 테니 뒤로 좀 가 있을래?"

영웅의 말에 블레스와 아더가 앞으로 나오다가 뒷걸음질 쳤다.

나머지 사람들도 저만치 뒤로 물러섰다.

그것을 본 프로바토는 자존심이 상했다.

감히 자신을 혼자서 상대하겠다는 뜻이 아닌가.

후웅-.

분노한 프로바토가 돌진하는 것과 동시에 창을 연달아 휘두르며 반달 모양의 기운들을 쏘아 냈다.

슈악- 슈악-.

반달 모양의 기운들이 지나간 자리는 예리한 칼에 썰린 것처럼 모든 것이 잘려 나갔다.

"건방진 인간 놈, 받아라! 세상의 모든 것을 베어 버리는 클리어 나이프다!"

매서운 기세로 날아간 클리어 나이프가 영웅의 몸에 전부 적중했다.

카카캉-.

하지만 프로바토의 클리어 나이프는 영웅의 몸에 그 어떤 상처도 입히지 못했다.

"크, 클리어 나이프를 맞고도 멀쩡하다고? 이, 인간 따위가?"

자신의 두 번째 공격까지 먹히지 않자, 프로바토는 믿기지 않는다는 표정으로 영웅을 바라보았다.

영웅은 프로바토가 충분히 자신을 공격하게끔 최대한 천천히 이동하고 있었다.

천천히 움직이되, 느리게는 보이지 않게 움직이는 중이었다.

다른 사람들 눈에는 그가 빠른 속도로 이동하는 것처럼 보였지만, 실상은 그리 빠르지 않은 속도였다.

프로바토가 놀란 표정을 지으며 더는 공격하지 않자 영웅이 움직임을 멈추며 외쳤다.

"뭐야? 왜 공격을 하다 말아!"

영웅의 말에 프로바토가 고개를 갸웃거렸다.

지금 말투는 자신이 공격하기를 기다렸다는 소리로 들렸다.

"뭐야, 마군단장이라길래 재밌을 줄 알고 기대했는데, 별거 없는 놈이었네."

영웅의 말에 프로바토의 인상이 다시 구겨졌다.

"으드득! 나를 자극하는 인간이라니, 오냐! 내가 너를 과소평가했구나."

쩌적— 쩌저적—.

프로바토의 몸이 조금씩 부풀더니 이내 그의 몸을 감싸고 있던 갑옷이 전부 박살 나며 덩치가 산처럼 커지기 시작했다.

순식간에 알몸으로 변한 프로바토의 피부가 경화되더니, 전신이 갑옷처럼 변했다.

그와 동시에 그의 몸에서 풍기던 기운도 아까와는 차원이 다를 정도로 강해졌다.

"제대로 보여 주마. 대마왕께서도 인정한 나의 강함을 말이다! 하앗!"

쿠오오오—.

프로바토의 기합과 함께 그의 몸에서 엄청난 기세가 피어올랐고 주변이 떨릴 정도였다.

그것을 보며 심각한 표정으로 무언가를 생각하는 영웅의 모습에, 프로바토가 입가에 미소를 지으며 말했다.

"크큭, 이제야 사태의 심각성을 깨달은 모양이군. 하나, 이미 늦었다. 나의 분노는 네놈의 사지를 모조리 뜯어내고 평생을 질질 끌고 다녀야 풀릴 것 같으니."

아마도 진지한 표정을 하는 영웅을 보고 그가 두려워한다고 착각한 것 같았다.

하지만 정작 영웅은 엉뚱한 생각을 하는 중이었다.

"가만, 이 도시에는 아직 대신관이 없잖아."

영웅은 뒤에서 구경하고 있는 일행들에게 물었다.

"저거 정화한 다음 대신관 시키자. 어때? 재밌겠지? 마계 군단장은 신관 하지 말라는 법 있어?"

"허허, 역시 폐하께서는 생각하는 것도 남다르십니다. 폐 하께서 하고 싶은 것 전부 하시옵소서."

"저 역시 풍백과 같은 생각이옵니다, 폐하."

풍백과 운사는 미소를 지으며 영웅의 말에 동의했다.

그들의 입장에서 프로바토는 그냥 하나의 창조품이나 다 름없었기에, 영웅이 뭘 하든 상관없었다.

그 옆에 있던 아더는 황당한 표정을 지으며 영웅을 바라보 았다.

지금까지 단 한 번도 생각해 보지 않았다.

마족들이 신성한 기운을 가진다?

상상조차 해 보지 못한 일이었다.

전에 대마신관이었던 리치를 대신관으로 탈바꿈하기는 했 지만, 그건 본판이 인간이었으니 이해가 갔다.

하지만 지금 영웅이 하려는 것은 순수한 마족을 대신관으 로 앉히려는 일이니 황당할 수밖에 없었다.

아더는 황당한 얼굴로 영웅을 바라보다가 이내 피식 웃었 다.

자신의 주인이 어떤 사람인지 깨달았기 때문이었다.

'그래, 주인께서 못 하실 일이 없지. 그나저나 마족들이 신성력을 가진 신관이 된다고? 그거 재밌겠네.'

아더는 큭큭 웃으며 영웅이 저 양 대가리를 어찌 신관으로 만드는지 구경하기로 했다.

한편, 프로바토는 영웅의 말을 듣고 어처구니가 없는 표정을 짓고 있었다.

심지어 자신이 잘못 들었나 싶어 귀까지 후볐다.

"이 미친 인간 놈이 지금 뭐라고 지껄이는 것이냐? 공포심에 미쳐 버린 것이냐?"

"아, 들렸어? 그럼 잘됐네. 이제부터 너, 나를 섬기는 신관이 되어라."

들리게 말해 놓고 들렸냐고 묻는 영웅을 보며 프로바토가 이를 갈았다.

"으드득! 나를 화나게 할 생각으로 한 소리라면 축하한다. 완벽하게 성공했다!"

말이 끝남과 동시에 프로바토의 뿔 사이로 검은 마기 덩어리가 응축되더니 곧 이글거리기 시작했다.

검은 마기는 이내 검은 눈 형상으로 바뀌었다.

그 눈 형상은 순간 번쩍 떠지며 악마의 눈동자가 나타나 강렬한 광선을 쏘아 댔다.

쿠아아아아아—!

모든 것을 소멸시키는 파멸의 시선.

그게 바로 광선의 정체였고 프로바토가 가진 권능이었다.

지금 그 권능이 영웅을 향해 쏘아 보내졌고, 강렬한 파멸의 시선은 그대로 영웅을 덮쳐 버렸다.

콰콰콰콰쾅-.

영웅이 있던 곳은 거대한 폭발과 함께 지형 자체가 바뀔 정도로 거대한 구덩이가 파였다. 그곳에 있던 사람들은 흔적도 남지 않고 사라져 버렸다.

그것을 본 프로바토가 입가에 미소를 지으며 잘난 체를 했다.

"이런, 이런. 나도 모르게 흥분해서 아예 소멸시켜 버렸네. 미안하게 말이야. 이놈의 성격을 고쳐야 하는데 말이지."

전혀 아쉽지 않은 표정으로 영웅이 있던 자리를 바라보며 웃는 프로바토였다.

"미안해하지 않아도 돼. 나 여기 있으니까."

즐거워하며 미소를 짓고 있던 프로바토의 뒤에서 영웅의 목소리가 들려왔다.

프로바토가 화들짝 놀라서 뒤를 돌아보자, 그곳에는 영웅이 팔짱을 낀 채 프로바토를 바라보고 있었다.

"정화하기 전에 일단 좀 맞자. 너는 그래야 말을 들을 것 같아서 말이지."

"이놈이! 요행으로 피했나 본데 두 번은 없다!"

쿠아아아-!

즈지지지지징-.

프로바토는 가까이 있는 영웅을 향해 아까보다 더욱 강력한 파멸의 시선을 쏘아 댔지만, 광선은 영웅의 가슴팍을 뚫지 못한 채 사방으로 튕겨 나갔다.

프로바토는 여태껏 한 번도 보지 못했던 생소한 광경에 파멸의 시선을 멈추고 영웅을 멍한 얼굴로 바라보았다.

믿을 수가 없었다.

자신의 권능인 파멸의 광선을 직격으로 맞았음에도 멀쩡하다니, 그가 한 번도 상상해 보지 못했던 광경이었다.

마왕들도 맞으면 엄청난 타격을 입는 권능이었다. 심지어 방금처럼 아무런 방비도 없이 직격으로 맞는다면 마왕들도 소멸시킬 수 있을 정도로 강력한 권능이었다.

그런데 소멸은커녕 아무렇지도 않게 웃으며 광선을 맞으며 웃고 있다니. 정신이 나가 버릴 것 같았다.

머릿속이 텅 빈 기분이 든 프로바토는 잠시 동안 아무런 생각도 못 하고 멍하니 영웅만 바라보았다.

그리고 곧 엄청난 충격에 정신을 차렸다.

퍼억-!

"커헉!"

프로바토는 복부에서 느껴지는 고통에 큰 충격을 받았다.

사실 프로바토는 고통을 즐기는 마족이었다.

고통을 느끼면 그는 쾌감을 느꼈고, 그 쾌감을 얻으려고 일부러 자신을 학대하기도 하는 마족이었다.

수하들을 시켜 자신을 사정없이 때리라고 시키든지 아니면 이렇게 일선에 나서서 몸으로 때우고는 했었다.

고통은 곧 즐거움이라고 생각했었다.

지금까지는 말이다.

빠악ー!

"크흑!"

털썩ー.

머리에서 올라오는 엄청난 통증에 프로바토가 무릎을 꿇었다.

처음이었다.

고통이라는 것을 느껴 본 것이.

'이, 이게 고통이라는 것인가?'

프로바토가 일그러진 얼굴로 영웅을 올려다보았다.

그의 눈에는 자신을 때리며 미소 짓고 있는 영웅의 모습이 보였다.

지금까지 자신에게 고통을 받은 자들의 시선이 이런 것이었구나를 깨달았다.

프로바토는 움직여서 이 자리를 벗어나려 했다.

그런데 몸이 굳은 것처럼 말을 듣지 않았다.

'이익! 우, 움직여! 제발!'

그렇게 자신과 싸움을 하는 프로바토의 귀에 절망적인 소리가 들려왔다.

성벽에 있던 마족 놈이 자신에 대한 정보를 큰 소리로 말해 주고 있었다.

"주인님! 그놈은 맞는 것을 좋아하는 변태 마족입니다! 때려 봐야 그놈만 좋은 일을 시키는 겁니다!"

프로바토는 저놈의 주둥이를 찢어 버리고 싶었다.

"아, 그래? 그래서 날 그렇게 사랑스러운 눈빛으로 바라본 거야? 내 주먹이 아주 맛있었나 보지?"

아니다.

누가 봐도 고통의 눈빛이었다.

"알았어, 알았어. 내가 더 기분 좋게 해 줄게."

"아니……. 커헉!"

아니라고 외치려 했다.

하지만 그 말은 프로바토의 입 밖으로 제대로 나가지 못했다.

어느새 날아온 발끝이 그의 복부에 깊숙이 꽂힌 것이다.

"꺼억, 꺽!"

숨을 쉬고 싶은데 쉬어지질 않았다.

제대로 숨이 쉬어지지 않아 괴로운데 영웅의 목소리가 프로바토의 귀로 들어왔다.

"어이구, 그렇게 좋아? 알았어. 이제 본격적으로 황홀하게 만들어 줄게."

아니라고!

아프다고 외치고 싶었다.

하지만 원망스럽게도 목소리는 나오지 않았다.

자신을 향해 날아오는 영웅의 주먹을 보며 공포에 벌벌 떠는 프로바토였다.

영웅의 주먹이 안면에 적중하려는 순간, 뒤에서 우렁찬 목소리가 들려왔다.

"군단장님을 구해라! 전부 돌격!"

프로바토의 부관이 마군에게 영웅을 공격하라는 명령을 내린 것이다.

퍼어억-!

하지만 영웅의 주먹은 그대로 프로바토의 안면에 적중했고, 그 충격에 프로바토는 저만치 날아가 버렸다.

쿠당탕탕-.

겨우 주먹 한 방이었다.

그 주먹 한 방에 정신이 혼미하고 얼굴 한쪽이 사라진 기분이 들었다.

고통은 덤이었다.

프로바토는 혼미한 상태에서 자신을 구하기 위해 달려오는 마군이 보였다.

희망이 보였다.

약간의 시간만 벌어 준다면 혼미한 정신을 가다듬고 이곳을 벗어날 수 있을 거라는 희망.

그런데 영웅은 뒤에 몰려오는 마군은 전혀 신경 쓰지 않고 자신만 바라보며 다가오고 있었다.

그 순간 프로바토의 두 눈에 영웅의 뒤로 그 일행들이 뛰어드는 모습이 보였다.

그와 동시에 자신의 군대가 처절하게 박살 나는 광경이 펼쳐졌다.

"이, 이럴 수가……."

눈앞의 인간만 괴물인 줄 알았더니 그의 일행들도 전부 괴물이었다.

프로바토의 시선이 다시 영웅에게 옮겨졌다.

기대 가득한 얼굴로 다가오는 그를 보며 망연자실한 표정으로 고개를 떨궜다.

프로바토와 그의 수하들과의 만남이 있고 하루가 지났다.

영웅 앞에는 첫 만남 때와는 달리 순한 양의 모습을 한 무리가 생기 넘치는 눈빛을 하고는 영웅을 바라보고 있었다.

가장 선두에 있는 프로바토 역시 마기가 풀풀 풍기던 첫 모습과는 달리, 신성력이 넘쳐흐르는 자애로운 모습으로 변해 있었다.

"이제부터 너희가 해야 할 일이 뭐라고?"

"세상을 정화하고 주인님의 말씀을 전하는 것입니다!"

"너희는 이제부터 뭐다?"

"주인님의 말씀을 세상에 전하는 신관들입니다!"

"그래, 마족들이 보이는 족족 조지고. 알았지?"

"알겠습니다!"

"좋아, 프로바토를 빼고 나머지는 내가 명한 일을 시작한다! 실시!"

"실시!"

영웅의 말에 프로바토를 제외하고 전부 분주하게 움직이기 시작했다.

이들은 이제 전 대륙을 돌며 마족들과 몬스터들을 잡으며 세상을 정화하러 다닐 것이다.

한편, 남은 프로바토는 영웅 앞에 조신하게 선 채로 그의 명이 떨어지기만을 기다렸다.

"너는 나머지 마군단장들 좀 불러 봐."

"네?"

생각지도 않았던 말에 프로바토가 고개를 번쩍 들고 되물었다.

"연락이 안 되나?"

"되긴 하지만……. 제 말을 들을지는 미지수입니다. 워낙에 사이가 좋지 않아서 말입니다."

"그래? 왜?"

"서로 간의 경쟁 심리 같은 것이지요. 힘의 차이가 미묘하고 자존심들이 강해서 더더욱 그렇습니다."

"그래? 그럼 이렇게 전해 봐. 그럼 당장에 달려올 테니."

"뭐라고 전할까요?"

"너 빼고 나머지 놈들은 실력도 없는 것들이 대마왕 발가락 핥아서 마군단장이 된 놈들이라고. 네 주먹 한 방이면 오줌까지 질질 싸면서 네 발바닥도 핥을 놈들이라고. 그리고 마지막에 이 말도 같이 전해야 해. 안 오면 이거 인정하는 거라고 말이지."

사악했다.

이건 안 오고 배길 수가 없었다.

아니, 굳이 마지막 말이 아니어도 눈깔이 뒤집혀서 자신을 잡으러 달려올 것이다.

그런데 거기에 마지막 말까지 넣으면 이성을 잃고 자신을 죽이러 올 것이다.

프로바토는 잠시 심호흡을 하고는 허공에 문장을 만들어 내기 시작했다.

이곳 언어로 영웅의 말을 적는 중이었다.

다 적고 난 뒤에 무어라 중얼거리자, 이내 문장에서 환한 빛이 일어나며 사라졌다.

"모든 마군단장에게 보냈습니다. 이곳 좌표까지 찍었으니 아마 금방 달려올 겁니다."

프로바토의 말에 영웅이 고개를 끄덕였다.

고개를 끄덕이는 바로 그 순간, 한쪽에서 환한 빛이 생성되더니 무언가가 튀어 나왔다.

"프로바토! 이 양 새끼가!! 네놈이 드디어 미쳤구나!"

빛 속에서 튀어나온 자는 걸어 다니는 악어의 모습을 하고 있었다. 악어가 갑옷을 입고 거대한 도를 든 채 프로바토를 향해 돌진하고 있었다.

"당장 죽여 버리겠다! 크아아아!"

이성을 잃은 모습으로 프로바토를 향해 돌진하는 그의 정체는 바로 또 다른 마군단장, 카이드만이었다.

극대로를 한 모양인지 그의 동공은 새빨갛게 변해 있었다. 그는 오직 프로바토만 바라보며 달려오고 있었다.

그렇게 달려오는 카이드만 앞에 영웅이 모습을 드러냈고, 영웅은 그를 단숨에 제압해 버렸다.

빠악-!

털썩-!

주먹 한 방에 기절한 채 바닥에서 부들부들 떠는 카이드만을 아무렇지 않게 들어서 프로바토가 있는 방향으로 던져 놓는 영웅이었다.

카이드만의 몸이 프로바토 앞에 떨어져 마치 그가 카이드만을 제압한 모양이 되었을 때, 또 다른 마군단장 둘이 모습을 드러냈다.

그들은 카이드만과 달리 상황을 파악하기 위해 잠시 주변을 둘러보았다.

프로바토가 미치지 않고서야 그런 문장을 보낼 리 없다고 생각했기 때문이었다.

그런데 프로바토 앞에 기절한 카이드만을 보고는 그들의 눈빛이 변하기 시작했다.

심지어 프로바토의 몸에서 나오는 기운을 느낀 그들은 이를 갈아 대며 찢어 죽일 듯한 눈빛으로 프로바토를 노려보기 시작했다.

"네놈의 몸에서 나오는 신성력은 뭐냐? 배신이냐?"

독수리의 모습을 한 마군단장, 그리폰.

"저놈 몸에서 나오는 신성력으로 카이드만을 제압한 모양이다. 방심하면 안 되겠군."

"짜증 나지만 신성력이 얼마나 되는지 모르니 합공하자."

"좋지. 일단 먼저 잡고 보자고."

사자의 모습을 한 마군단장, 아슬란.

둘은 카이드만을 제압한 프로바토를 경계하며 힘을 합쳐 그를 제압하기로 마음먹었다.

모든 신경이 프로바토에게 향해 있었기에 자신들의 등 뒤로 영웅이 다가오는 것을 전혀 느끼지 못한 둘이었다.

"드디어 다 모였네?"

갑자기 뒤에서 목소리가 들려오자 화들짝 놀라며 거리를 벌리는 두 마군단장.

영웅은 그들을 보며 웃었다.

"새끼들, 생긴 것답지 않게 겁들이 많네?"

아슬란과 그리폰은 영웅을 발견하고는 그가 인간이라는 것에 크게 분노했다.

"인간? 으드득! 지금 인간 따위가 우리를 놀라게 한 것이냐?"

"한입에 먹어 주마!"

자신들을 놀라게 한 것이 인간이라는 사실이 그들의 자존심을 상하게 만들었고, 그 모습을 프로바토가 보았다는 사실에 창피함을 느꼈다.

그래서 자신들을 놀라게 만든 인간을 반드시 죽이겠다는 일념으로 그를 공격하기 시작했다.

"갈기갈기 찢어발겨 주마! 아슬란 데빌 크로!"

훙훙훙훙—!

아슬란이 자신의 발톱을 길게 빼 마나를 두른 뒤, 영웅을 향해 마구 휘두르기 시작했다.

까가강—!

그러나 고기 다지는 소리가 들려야 하는데 쇳덩이가 부딪히는 소리가 들려왔다.

아슬란은 손에서 느껴지는 고통에 황급하게 손을 거두고 자신의 손을 바라보았다.

그의 강철 같은 손톱은 모조리 부러지고 박살이 나 있었고, 몇 개는 빠져 피가 흘러나오고 있었다.

박살 난 손을 보니 고통이 급격하게 밀려왔다.

"크흑! 내, 내 손톱이? 이, 이럴 수가?"

아슬란은 자신의 손톱과 영웅을 번갈아 바라보며 믿기지 않는 표정으로 경악했다.

그 순간 영웅을 향해 이글거리는 거대한 화염 덩어리가 떨어졌다.

"메테오 스트라이크!"

쿠콰콰콰쾅-!

이글거리는 화염 덩어리는 영웅이 있던 곳에 떨어졌고, 엄청난 열기와 함께 그곳을 녹여 버렸다.

독수리 모습을 한 마군단장, 그리폰의 마법이 만들어 낸 풍경이었다.

"뒤로 물러서! 내 예상으로 봤을 때 카이드만을 저리 만든 놈은 아마도 저놈일 거야!"

"뭐? 그래도 네가 처리했으니 된 거 아냐?"

"아니야! 메테오 스트라이크로는 저자를 잡을 수 없어! 내 직감이 그리 말하고 있다."

그리폰의 말에 아슬란이 긴장했다.

그의 직감은 지금까지 틀린 적이 없었다.

역시나 불길 속에서 인간의 모습이 일렁거리기 시작하더니, 이내 이글거리는 불길을 뚫고 영웅이 모습을 드러냈다.

"그래도 냉철한 놈이 하나는 있었군. 하나같이 다들 성급한 놈들만 있는 줄 알았는데."

"너는 누구냐!"

"나? 평범한 인간."

"말도 안 되는 소리! 정체를 밝혀라!"

"사실인데. 뭐, 지금까지 내가 사실을 말해도 믿는 놈은 한 놈도 없긴 했지."

영웅의 말에 아슬란과 그리폰은 어이가 없는 표정으로 영웅을 바라보았다.

평범한 인간이 어찌 자신들의 공격을 저리 쉽게 막고 아무렇지도 않게 서 있단 말인가.

심지어 강철도 젤리 자르듯이 잘라 버리는 아슬란의 손톱을 박살 냈고, 그리폰의 메테오 스트라이크를 정통으로 맞고도 멀쩡하게 서 있는 인간이었다.

"프로바토에게는 무슨 짓을 한 것이냐?"

그리폰은 가장 궁금했던 것을 물었다.

도대체 무슨 짓을 했길래 프로바토의 몸에서 신성력이 흘러넘치는지 알 수가 없었다.

"응, 내가 신관으로 바꾸었어. 너희도 그러려고 부른 거고."

"바꿨다고? 마기를 없애고 신성력을 주입했다는 말이냐?"

"잘 아네."

"가만, 우리를 불렀다고? 설마? 우리를 자극하려고 그런 문장을?"

"역시 마법을 다루는 놈이라 그런가? 눈치도 빠르고 이해력도 남다르네. 너는 마음에 든다."

영웅이 그리폰을 바라보며 만족스럽게 미소 지었다.

그리폰은 그런 영웅을 보며 이곳에 있으면 안 된다는 느낌을 강하게 받았다.

지금까지 한 번도 틀려 본 적이 없던 자신의 느낌이, 오늘은 유난히 강하게 어서 이곳을 빠져나가라고 경고를 날리고 있었다.

하지만 이미 늦었다.

그리폰이 자신의 느낌을 믿고 이곳을 피하려고 마음먹기 전에 이미 영웅이 움직였다.

"도망가려고? 그렇게는 안 되지."

빠지직—!

"크윽!"

"으윽!"

아슬란과 그리폰은 정수리에서 느껴지는 짜릿함에 짧은 비명을 내뱉었다.

"이제 너희는 내 거다."

영웅의 말에 아슬란과 그리폰은 재빨리 몸을 움직이기 위해 발버둥 쳤지만, 꿈쩍도 하지 않는 자신들의 몸에 당황하고 말았다. 그러고는 발끈하여 영웅에게 말했다.

"닥쳐라! 우리를 제압했다고 우리가 쉽게 네놈에게 굴복할 것 같으냐! 우리는 마신님 외에는 그 누구도 따르지 않는다!"

"우리를 절대로 굴복시키진 못할 것이다!"

"그래? 좋아. 3일. 3일을 버틴다면 풀어 주지. 약속한다."

"흥! 뭐든지 해 봐라! 네놈만 힘들 테니!"

"그래그래, 알았다니까. 일단 가볍게 1단계부터 시작하자. 준비됐지?"

딱-!

말이 끝남과 동시에 영웅은 손가락으로 딱 소리를 내었다. 동시에 아슬란과 그리폰의 동공이 크게 확장되었고, 이내 그들은 고통에 몸부림치기 시작했다.

심지어 기절했던 카이드만까지 벌떡 일어나 고통에 몸부림을 치기 시작했다.

이미 기절한 카이드만에게까지 제약을 걸어 두었던 것이다.

고통스러워하는 이들에게 영웅이 웃으면서 말했다.

"일단 오늘은 맛보기만 보여 줄게. 아직 시간은 있으니까 말이지."

뒤에 있는 의자로 걸어가 세상 편안한 자세로 앉은 영웅은 세 마군단장의 고통의 몸부림을 즐겁게 바라보기 시작했다.

이미 한 번 경험을 한 프로바토는 한때 동료였던 마군단장들을 보며 두 눈을 질끈 감았다.

저 고통이 얼마나 끔찍한지 누구보다 잘 알고 있기 때문이었다.

'3일? 오늘 저녁쯤이면 질질 짜면서 주인님의 바짓가랑이를 잡겠지. 저거는 버틴다고 버틸 수 있는 종류의 고문이 아니야.'

고통에 가장 많이 단련돼 있던 프로바토도 그 끔찍했던 기억을 지우고 싶어 할 정도였다.

그러니 다른 마군단장들은 오죽하겠는가.

프로바토는 고개를 절레절레 흔들고 영웅의 뒤로 가 조용히 양손을 가지런히 모으고 섰다.

시간은 흘러 프로바토가 예상했던 저녁 시간이 되었다.

역시나 그가 예상한 대로 세 마군단장은 영웅 앞에 엎드려 눈물을 흘리며 매달리고 있었다.

"뭐든! 뭐든 시켜만 주십시오!"

"시키는 것은 그게 무엇이든지 다 하겠습니다! 그러니 제발 이 고통 좀 거두어 주십시오!"

"마신 X새끼라고 외치라고 하시면 그리하겠습니다! 제발!"

프로바토와 달리 평소에 고통을 많이 느껴 보지 못한 다른 마군단장들은, 이 말도 안 되는 고통을 버틸 재간이 없었다.

이 고통이 사라지기만 한다면, 무엇이든지 할 수 있을 것 같았다.

하지만 영웅은 그런 그들에게 웃으며 말했다.

"어? 아까랑 말이 다르잖아. 내 기억으론 무엇을 하든 너희를 굴복시킬 수 없다고 했잖아. 아니야?"

"아닙니다! 구, 굴복했습니다! 정말입니다!"

"맞습니다! 개가 되라면 개가 되고 고양이가 되라면 고양이가 되겠습니다! 저는 오늘부터 사자가 아니라 고양이입니다! 야옹! 야옹!"

세 마군단장은 정말로 진심을 담아 절실하게 말했지만, 그걸 쉽게 받아 줄 영웅이 아니었다.

"흠, 이 상황을 벗어나려고 말만 그렇게 하는 것일 수도 있잖아. 안 그래?"

"아닙니다! 계, 계약! 계약하시면 되지 않습니까! 해 달라는 모든 조건을 다 맞추어서 계약하겠습니다!"

"저, 저도 아슬란과 같은 생각입니다!"

"아니야. 너무 쉽게 인정하는 것을 보니 믿음이 안 가. 일단 오늘은 맛보기라고 했으니까 내일 본격적인 고통을 느껴 보고 다시 이야기하자."

이게 맛보기라니.

지금, 이 순간 소원이 있다면 그것은 바로 죽음이었다.

죽는 것을 간절하게 바랄 정도로 고통스러운데 이것이 맛보기란다.

이들은 영웅을 설득하기 위해 다시 입을 열려고 했지만, 영웅이 무슨 수를 썼는지 그들의 입은 굳게 닫힌 채 열리지 않았다.

뭐라고 하는지 대충 짐작은 가는 애절한 신음만 그곳을 가득 채웠다.

"읍읍읍!"

"우부부부부!"

"읍읍읍읍읍!"

세 마군단장들은 세상 간절한 눈빛으로 고개를 마구 흔들면서 영웅에게 소리를 쳐 보았다. 그러나 나오지 않는 목소리가 그들을 더더욱 절망에 빠뜨렸다.

⟨⟨⟨⟩⟩⟩

엑시온제국 황궁에 황당한 소식들이 연이어 전해졌다.

처음에는 마왕군이 자신들을 놀리기 위해 그리 행동하는 줄 알았다.

하지만 뒤이어 날아오는 소식들은 그것이 사실임을 말해 주고 있었다.

대회의실에 모인 사람들은 심각한 표정으로 첩보원들에게서 날아온 정보들을 바라보고 있었다.

"허어……. 이걸 믿어야 할지……."

"마왕군 놈들이 우리를 현혹하려는 계략이 아닐까요? 그러지 않고서야 이게 말이나 됩니까?"

"맞습니다! 아니 세상에 마군단장들이 회개를 하고 세상을 정화하는 신관이 되었다는 것이 말이나 되는 소리냐고요. 지금까지 살면서 들어 본 말 중에 가장 신빙성이 없는 말입니다!"

"거기에 적혀 있는 것을 보세요. 신성력을 가지고 있다지 않습니까! 마력이 아니라 신성력을 가지고 세상을 정화하고 있다잖아요!"

이들을 이렇게 당황하고 황당하게 만든 것은 바로 중간계와 인간계를 침공할 때 가장 선봉을 섰던 마군단장들에 관한 소식이었다.

마계의 정예 중의 정예이고 마계를 대표하는 괴물들이 뜬금없이 자신들이 저지른 잘못을 뉘우치고 세상을 정화하겠다며 선언하고, 온갖 나라와 도시를 돌아다니며 봉사와 함께 악의 기운을 정화하고 있다는 소식이었다.

심지어 힘의 원천인 마력 대신 신성력을 지녔다는 말도 안 되는 소식이라니, 미치고 환장할 일이었다.

"가짜 정보가 아닐까 하는 마음에 확인하기 위해 사람을 보냈는데, 모두 사실입니다. 그러니 더더욱 미치는 거죠. 도대체 이놈들의 목적이 뭐기에 이러는 것인지."

"전에 드래곤님들께서 리치가 대신관이 되어 신성도시를 다스리고 있다고 했을 때도 믿기지 않았는데……. 이건 그보다 더하니……."

다들 한숨을 쉬며 고개를 흔들고 있을 때 또 다른 소식이 그들에게 날아들었다.

새로 들어온 정보를 받은 황제는 그것을 회의실 탁자 위로 던지며 말했다.

"그놈들이 엑시온제국을 향해 오고 있다는군요."

"그럼 그들의 목적이 무엇인지 조만간에 알게 되겠군요."

"그보다 큰일 아닙니까? 마군단장들이 모두 이곳을 향해 몰려오고 있다는 것 아닙니까! 빨리 대비해야지요!"

"이미 모든 준비는 되어 있습니다. 저들이 사특한 목적을 가지고 오는 것이라면 정말로 큰 후회를 하게 만들어 줄 수 있습니다."

"자 자, 여기서 백날 우리끼리 이야기해 봐야 확실한 답도 안 나오니 일단 그놈들이 올 때까지 기다려 봅시다. 저들이 우리를 현혹하고 침공을 하기 위함일 수도 있으니, 모든 제국에 비상령을 내리고 전투준비도 시켜 두겠습니다."

황제의 말에 그곳에 모인 중간계의 각 종족 대표는 고개를 끄덕였다.

마계 중심부에 위치한 거대한 대마왕성.

이곳에서 역시 대마왕과 마왕들이 모여 심각한 표정으로 회의를 하고 있었다.

"아니……. 지금 이걸 믿으라고?"

"그, 그렇습니다."

대마왕은 자신의 손에 들린 정보를 바라보며 황당한 표정으로 다른 마왕들을 둘러보았다.

"너희 단체로 미친 거냐? 아니면……. 나 놀리냐?"

마계의 황제나 다름없는 대마왕, 칼데이스가 인상을 일그러뜨리고는 주변에 있는 마왕들을 째려보며 말했다.

지금 자신의 눈앞에 있는 정보는 아무리 생각을 하고 또 해 봐도 절대로 이루어질 수 없는 일들이었기 때문이었다.

"저, 전부 사실입니다! 심지어 마군단은 신성교화단이라는 이름으로 바꾸어 활동하고 있다고 합니다!"

"미쳤네, 미쳤어. 아니……. 도대체 무슨 일이 있었던 거지? 저놈들이 뭔가 술수를 부린 것인가? 아무리 그래도 이건 좀…….'"

대마왕은 머리가 아파져 왔다.

마계의 정예 중의 정예들이 신성력을 사방팔방에 뿌리며 세상을 정화하고 다니고 있단다.

지나가는 아무 마족을 붙잡고 물어봐라.

이걸 믿는 미친놈이 있는지.

대마왕이 이마를 짚은 채 물었다.

"하아, 그래. 직접 가서 확인은 해 봤나?"

대마왕의 질문에 다들 서로 눈치를 보며 답을 회피하기 시작했다.

그에 대마왕이 눈을 희번덕거렸다.

"이것들 봐라? 뭐야? 확인도 안 한 거야? 어? 빨리 대답 안 해?"

대마왕의 서슬 퍼런 물음에 마왕들이 쭈뼛거리며 입을 열었다.

"그, 그게 조사를 위해 중간계로 보내는 족족……."

"보내는 족족?"

"전부 그 꼴이 나고 있습니다."

"뭔 말이야? 알아듣게 말 안 할래?"

답답했는지 대마왕의 몸에서 진득한 마기가 일렁거렸다.

그것을 느낀 마왕들은 재빨리 자세하게 설명했다.

"보, 보내는 족족 놈들에게 당해 마음을 고쳐 잡고 인간들을 위해 봉사하며 살고 있습니다."

"마, 맞습니다. 그러니 저희도 정확한 정보를 확인할 방법이 없습니다."

마왕들의 보고에 어이가 없었는지 대마왕이 자신의 이마

언저리에 있는 뿔을 만지작거리며 한숨을 쉬었다.

"하아……. 미치겠네, 진짜. 내가 수천 년을 살았지만 이런 황당한 경우는 또 처음이네."

"저, 저희도 그렇습니다. 도대체 무슨 수를 썼길래 마족에게 신성력이 생기고, 잔악무도해야 할 놈들이 인간들을 위해 봉사를 하는지. 이게 인간들의 반격이라면 정말 큰일이 아닙니까?"

"놈들이 이 잔악무도한 짓을 어떻게 하는지 먼저 알아야 대응할 수 있을 텐데요. 이러다가 마계에 있는 마족들이 씨가 마를 판입니다."

"맞습니다. 이거 우리도 안심할 수 없습니다. 이것에 대한 대비가 없다면 우리도 당할 수 있습니다."

"그렇지. 내보낸 놈들이 이런 상태가 되었다는 건 우리도 안심하면 안 된다는 것이니까."

"어찌할까요? 저는 절대로 지상에 내려간 놈들처럼은 못 삽니다."

"그건 나도 그래. 하아……."

마왕들의 물음에 대마왕이 의자 팔걸이를 손가락으로 톡톡 두드리며 한참을 골똘히 생각했다.

그러다가 고개를 흔들며 자리에서 일어났다.

"직접 가서 확인해야겠다. 그놈들이 지금 어디로 향하고 있다고 했지?"

"예! 엑시온제국입니다!"

"엑시온제국이라……. 아직 '그것'을 찾지 못했는데……."

"온 세상을 다 뒤졌는데도 나오지 않고 있습니다. 남은 건 엑시온뿐입니다. 이번 기회에 아주 정리해 버리고 찾아보심이 어떻습니까?"

대마왕은 무언가를 찾고 있는 듯했다.

마왕들의 말에 대마왕이 고개를 끄덕거리며 말했다.

"네 말이 맞다. 가자, 엑시온으로. 직접 확인하겠다. 그래, 이번 기회에 아주 깔끔하게 정리하자. 마계에 있는 모든 애들을 총동원해서 내려간다!"

"알겠습니다! 모든 병력에 총동원력을 내려 두겠습니다!"

대마왕은 완전히 검게 변한 눈으로 원탁 위에 올려진 중간계 지도를 바라보며 중얼거렸다.

"전부 정리하고 어서 그것을 찾아야 한다. 마신님께 그것을 바쳐야 한다. 이번엔 반드시 꼭……."

⚜

온 세상이 마계에 정복을 당해 무너졌지만 단 한 곳, 엑시온제국만큼은 멀쩡한 모습을 유지하고 있었다.

통곡의 장벽.

엑시온제국을 둘러싼 거대하고 튼튼한 성벽의 이름이었

다. 성벽의 길이만 1만 킬로미터에, 높이도 30미터에 달하는 웅장한 성벽이 제국의 국경 대부분을 감싸고 있었다. 제국으로 통하는 거대한 성문은 총 24개가 존재했다.

그중에서도 가장 화려하고 거대한 남부 호른 성문 쪽에는 끝이 보이지 않을 정도로 드넓은 평야가 존재했는데, 엑시온제국군이 연신 눈을 비비며 그 평야에 펼쳐진 광경을 바라보고 있었다.

엑시온제국군의 눈앞에는 지금까지 자신들과 싸웠던 마계의 모든 종족이 몰려와 있었다. 그들의 모습이 제국군을 이렇게 당황하게 만들고 있었다.

"저게 뭐야? 새로운 공격법인가?"

"뭐지? 혼란을 주기 위한 전략인가? 왜들 저러는 거야?"

"그러기엔 저들의 몸에서 나오는 신성력이 장난 아닌데? 눈을 감고 느끼면 신관들이 몰려온 것 같은 신성함이야."

"미치겠다. 저길 봐. 오우거가 신관복을 입고 있어."

"사이클롭스 눈을 봐. 세상 순박한 눈빛으로 여기를 바라보고 있잖아."

"미노타우르스가 인자한 미소를 지으며 공손하게 서 있어……. 심지어 도끼가 아니라 꽃을 들고 있어……."

마계군의 말도 안 되는 모습에 다들 황당한 표정으로 그것을 바라보고 있었다.

경계하고 비상을 걸어야 하는데 그럴 정신마저 잊을 정도의 충격이었다.

이들을 더욱더 경악하게 만든 것은 바로 그 유명한 마계의 마군단장들이었다.

이들은 유명인사라 모르는 이들이 없을 정도였다. 그들의 특징이 너무도 뚜렷했기에 모르려야 모를 수가 없었다.

아무리 보고 또 봐도 마군단장으로 보이는 자들이 곱게 신관복을 차려입고 천천히 앞으로 걸어 나오고 있었다.

"형제님들! 좋은 말씀 전하러 왔습니다!"

마군단장이 맑고 고운 목소리로 입을 열자, 성벽 위에 있던 제국군이 일제히 기겁하며 뒤로 한 걸음 물러섰다.

"헐……. 지금 이거 실화냐?"

"꿈은 아닌데……. 허벅지가 아픈 거 보니……."

"미친놈아, 너 허벅지에서 피나. 뭘 어찌했길래."

"꿈인가 싶어서 칼로 찔러 봤지. 아프네……."

"……."

이들이 이렇게 대치하는 동안 제국의 정예군이 호른 성문에 도착했다.

"정예군이다! 헉! 화, 황제 폐하께서도 오셨어!"

"황제 폐하뿐이냐? 드, 드래곤에 마스터 세븐까지 전부 다 왔어!"

"이게 무슨 일이지? 오늘 여기서 뭔가가 일어나는 건가?"

"심상치 않은 분위기인 것은 확실해!"

"오늘인가 봐! 마계와 결전의 날이!"

마왕군에 대적하는 저항군의 모든 전력이 전부 다 이곳으로 온 것이다.

이들이 이곳에 온 것은 마왕군에 대적하기 위함도 있었지만, 가장 큰 이유는 바로 궁금증이었다.

정말로 보고가 사실이 맞는지 아닌지 너무 궁금해서 이렇게 달려온 것이다.

그러나 성벽 위로 올라가서 자신들의 눈앞에 펼쳐진 광경을 막상 보고 나니, 그들은 할 말을 잃었다.

"맙소사……."

마스터 세븐에서 마법을 담당하는 대마법사 하워드가 믿기지 않는 표정으로 성벽 아래에 펼쳐진 광경을 바라보며 중얼거렸다.

"지, 진짜였어?"

대마법사 하워드뿐 아니라 같이 있던 자들 전부가 황당한 눈으로 성벽 아래에 펼쳐진 상황을 바라보고 있었다.

"이걸 지금 믿어야 할지……."

"허허……. 환장하겠군. 내가 수천 년을 살아왔지만 이런 황당한 풍경은 처음이군."

드래곤들도 황당한 눈으로 아래를 내려다보고 있었다.

그러다가 블루 드래곤이 누군가를 발견하고 고개를 갸웃거렸다.

"이상하네. 어디서 많이 본 얼굴인데."

블루 드래곤의 말에 다른 드래곤들이 그가 바라보는 쪽으로 고개를 돌렸고 역시나 다들 고개를 갸웃거렸다.

그러다가 한 드래곤이 눈을 크게 뜨며 호들갑을 떨기 시작했다.

"저, 저……. 저자는……. 헤, 헤레이스 아더잖아!"

헤레이스 아더라는 말에 다른 드래곤들의 눈이 급격하게 확장되었다.

"마, 맞네! 헤레이스 아더!"

"아니 설마……. 우리에게 앙심을 품고 마왕군에 합류한 것인가?"

"이 모든 것이 아더의 계략이었나?"

드래곤들은 아더를 발견하고는 우왕좌왕하기 시작했고, 드래곤들의 대화를 들은 인간들 역시 경악한 채 웅성거렸다.

"헤레이스 아더?"

"미친! 광룡 아더!"

"맙소사! 지금 그 광룡 아더가 마왕군 편에 섰다는 거야?"

"그게 사실이면 우린 끝이야……. 마왕군도 벅찬데 광룡까지 저들 편에 서다니……."

"그럼 지금 이 상황은 광룡 아더가 우리를 조롱하기 위해 만든 연극 같은 건가?"

마지막에 나온 누군가의 말에 다들 고개를 돌려 성벽 아래에 펼쳐진 황당한 광경을 다시 바라보았다.

그리고 사람들은 믿기 시작했다.

저 황당한 광경은 아더가 만든 연극이라고.

"그, 그럼 그렇지! 마왕군이 변할 리가 없잖아!"

"역시 우리를 조롱하기 위해 짠 연극이었어!"

병사들이 동요하자, 황제와 마스터 세븐이 그들을 향해 흔들리지 말라고 소리를 치려 할 때였다.

"개판이군, 개판이야."

하늘에서 음침한 목소리가 사방으로 울려 퍼지자, 그곳에 있는 모든 이들의 몸에서 소름이 돋았다.

마스터 세븐과 드래곤들은 그 목소리가 들려오는 곳을 향해 긴장한 표정으로 고개를 돌렸다.

절대로 보고 싶지 않은 자가 뒷짐을 진 채로 자신의 발아래 펼쳐진 광경을 바라보고 있었다.

"대마왕!"

황제가 자신도 모르게 그의 정체를 큰 소리로 말했다.

가뜩이나 동요하고 있던 병사들은 대마왕의 등장에 더욱더 큰 혼란에 빠져들었다.

황제의 외침에도 대마왕은 오로지 자신의 발아래 있는 마왕군을 황당한 표정으로 바라보고 있을 뿐이었다.

"사실이었군. 살다 살다 진짜……. 신성력을 가지고 있는 마왕군이라니……. 이게 도대체가 무슨 일인지……."

혼자 중얼거리고 있는 그의 곁에 아지랑이가 생겨나더니 대마왕의 휘하에 있는 네 마왕까지 모습을 드러냈다.

그들 역시 자신들의 눈앞에 펼쳐진 황당한 광경을 어이없는 표정으로 바라보고 있었다.

한참을 말없이 이 말도 안 되는 광경을 바라보는 대마왕과 마왕들.

그 모습을 지켜보던 황제와 마스터세븐, 드래곤들은 지금 이 상황이 마계에서 만든 상황이 아님을 깨달았다.

"마, 마계에서 우리를 놀리기 위해 만든 여, 연극은 아닌 듯한데?"

"그, 그런 것 같소. 대, 대마왕과 마왕들도 황당해하며 저들을 바라만 보고 있지 않소."

"그, 그럼 도대체 저놈들한테 무슨 일이 있었던 것이지? 지, 진짜로 주신께서 내려오시기라도 한 것인가?"

"그게 가장 설득력 있는 가정이긴 합니다."

말도 안 되는 상황을 이해하기 위해 자신들이 가진 지식을 총동원하고 있을 때, 대마왕의 음성이 들려왔다.

"뭐 하는 짓들이냐? 너희는 마계의 자랑스러운 정예군들이다!"

분노 가득한 대마왕의 외침과 함께 그들을 압박하기 시작했다.

그런 대마왕의 행동에 마왕군은 움찔하더니 이내 자신들이 가진 신성력를 최대한으로 끌어올리며 대마왕의 기운에 대항하기 시작했다.

그 모습에 대마왕은 다시 황당한 표정이 되었다.

"아, 진짜 미치겠네. 이걸 믿어야 하는 거야?"

그리 중얼거리고는 자신의 손에 검은 기운을 모으는 대마왕이었다.

더는 이 황당한 장면을 보기 싫었던 것이다.

"전부 없애는 건 좀 마음에 걸리지만……. 뭐 다시 모으면 되지."

쿠오오오오오-!

이내 대마왕의 손에 거대한 마력이 응축되며 모였고, 대마왕은 아무런 망설임도 없이 그것을 한때 자신의 수하들이었던 마왕군을 향해 내던졌다.

대마왕의 손에서 떠난 검은 구체는 빠르지도, 그렇다고 느리지도 않은 속도로 마왕군이 있는 곳으로 날아갔다.

일부러 이렇게 내던진 이유는 자신들이 어찌 죽는지나 알고 죽으라는 대마왕의 마음이었다.

대마왕이 무언가를 마왕군을 향해 내던지는 것을 본 드래곤들이 경악하여 사람들에게 외쳤다.

"헉! 대, 대마왕의 혼돈의 마력탄이다! 모, 모두 빨리 엎드려!"

"호, 혼돈의 마력탄! 비, 빌어먹을! 마법전단은 모든 마나를 끌어올려 배리어를 만들어라!"

"드래곤들도 배리어를 만들어 이들을 보호해라!"

쯔아아아앙-!

인간들이 있는 성벽에는 겹겹이 배리어가 설치되었다. 모두는 대마왕이 쏘아 보낸 혼돈의 마력탄에 엄청난 공포심을 느끼고 있었다.

정작 그 마력탄을 직격으로 맞게 된 마왕군들의 표정은 평화로웠다.

"모두 믿음을 가져라. 우리에겐 그분이 계신다."

"맞습니다! 하하하."

"그분께서 우리의 곁에 계신다! 다들 그분을 위해 합창합시다!"

마왕군들은 세상 평온한 표정으로 누군가를 찬양하는 노래를 부르기 시작했다.

노래가 울려 퍼지자, 대마왕이 날린 마력탄의 속도가 점차 줄어들었다.

그리고 이내 중간에 딱 멈춘 채 움직이지 않았다.

사람들은 그것을 보고 생각했다.

대마왕이 어처구니가 없어서 마력탄을 멈춘 것인가?

하지만 대마왕의 표정은 그것이 아니었다.

당황한 표정과 함께 힘을 주고 있는 모습이 보인 것이다.

"이익! 이, 이게 왜 안 가!"

대마왕은 크게 당황한 상태였다.

저들을 몰살시키려고 쏘아 보낸 암흑의 마력탄인데 어느 순간 알 수 없는 힘에 의해 멈춰 버린 것이다.

다시 움직이게 하려고 온갖 힘을 다 써 봤지만, 꿈쩍도 하지 않았다.

그때 마왕군들이 있는 곳에서 누군가가 걸어 나왔다.

그의 등장에 노래를 부르던 마왕군들이 일제히 엎드리고 경배를 올리기 시작했다.

5장

대마왕이 아닌 누군가에게 경배를 올리는 마왕군.

그곳에 있는 모든 이들은 그것을 보고 깨달았다.

지금 나오는 저 사람이 이 모든 일의 원흉이라는 것을 말이다.

모든 이의 시선이 그에게 집중되었다.

대마왕 역시 조용히 그를 바라보다가 이내 궁금증을 참지 못하고 입을 열어 물었다.

"넌 누구냐! 네가 이 말도 안 되는 것을 만들어 낸 놈이냐?"

대마왕의 물음에 앞으로 걸어 나온 한 사람. 영웅은 미소를 지으며 뒷짐을 지고 있었다.

그 순간 허공에 멈춰 있던 혼돈의 마력탄이 영웅의 곁으로 이동하더니, 주인 만난 강아지처럼 몸 주변을 빙글빙글 돌기 시작했다.

"그렇다면? 마력탄의 기운을 보니 제법 하는 놈들이네."

대마왕을 비롯한 모든 이들이 눈을 비비며 다시 그 장면을 확인하기 시작했다.

그만큼 말도 안 되는 광경이었다.

특히 대마왕이 느끼는 충격은 그 이상이었다.

다른 것도 아니고 자신이 직접 쏘아 보낸 마력탄이었다.

그런데 지금 보라.

마치 저 인간의 것처럼 움직이고 있었다.

마력탄은 연신 영웅의 주변을 돌더니 이내 그의 손바닥에 안착했고, 천천히 영웅의 손에 흡수되기 시작했다.

마력탄을 전부 흡수한 영웅이 대마왕을 바라보며 순수한 감탄을 내뱉었다.

"우와! 너 제대로 수련한 놈이구나? 이렇게 순수한 마력이라니."

자신의 마력탄을 흡수한 것도 모자라 그것을 무슨 음식 맛 평가하듯이 평가하고 있었다.

그 모습에 대마왕이 이를 악물고는 다시 기운을 모으기 시작했다.

"이이! 건방진 인간 놈이! 어디 이것도 받아 봐라!"

아까와는 전혀 다른 엄청난 양의 마력들이 모이더니, 보기만 해도 숨이 막힐 정도의 마력들이 소용돌이치며 영웅을 향해 날아갔다.

그런데 영웅은 그것을 바라보며 빙긋 미소를 짓더니, 이내한 발 뒤로 물러섰다.

"이제 그만 상대해야겠네. 너랑 놀아 줄 놈이 왔다. 얘랑 놀아라."

그 순간 또 다른 누군가가 그것을 막아 내며 영웅의 앞에 섰다.

갑자기 나타난 자 역시 대마왕과 비슷한 기운을 내뿜고 있었고, 대마왕 못지않은 마력을 선보이며 팽팽하게 맞서고 있었다.

두 기운이 맞부딪치며 엄청난 폭풍이 몰아쳤다. 그곳에 있는 모든 것을 전부 날려 버릴 기세였다.

마왕군은 납작 엎드려 폭풍에 버티고 있었다.

인간들이 있는 곳은 모든 배리어를 총동원해 폭풍과 맞서고 있었다.

쿠와와왕─!

두 거대한 기운은 이내 커다란 폭음과 함께 폭발했고 그곳에 거대한 구덩이를 만들어 냈다.

폭발과 함께 먼지구름이 형성되며 그곳의 상황이 잠시 가려졌다.

이내 한 줄기 바람이 불어와 그 먼지구름을 거둬 주자, 사라지는 먼지구름 속에서 대마왕의 공격을 막아 낸, 베일에 가려진 자의 정체가 모습을 드러냈다.

대마왕의 공격을 막아 낸 이는 자신과 비슷하게 생긴, 아니 마왕의 생김새를 하는 누군가였다.

심지어 자신과 비교해도 뒤떨어지지 않는 엄청난 마력까지 느껴지고 있었다.

대마왕이 믿을 수 없다는 표정으로 자신의 공격을 막은 자에게 물었다.

"너, 너는 또 누구냐? 누구길래 나와 비슷한 강함을 가지고 있는 것이냐?"

"나? 대마왕."

"뭐?"

자신의 공격을 막은 자가, 자신을 대마왕이라고 칭했다.

그 말에 대마왕의 뒤에 있던 마왕들도 고개를 갸웃거렸다.

자신들도 처음 보는 자였기 때문이었다.

"무슨 개소리냐! 내가 대마왕이다!"

"아, 오해가 있나 본데 나는 다른 차원에서 온 대마왕이다. 바일이라고 하지. 반갑다, 이쪽 세계 대마왕."

"뭐? 다른 차원?"

"그래, 본의 아니게 폐를 끼치게 되었군."

"네놈이 이 모든 것을 꾸민 장본인이냐?"

대마왕의 말에 바일이 고개를 저었다.

"그럴 리가. 나는 형님이 불러서 온 것일 뿐. 나에게 그런 힘은 없다."

"형님?"

"내 뒤에 계신 이분이 너를 좀 상대하라고 하셔서 말이지."

"하, 한낱 인간 따위를 따른단 말이냐?"

대마왕은 바일 뒤에 있는 영웅이 평범하지 않다고 생각은 했지만, 그렇다고 자신이 질 것이라고 생각하지 않았다.

자신의 발아래 무릎 꿇려야 할 인간이라 생각할 뿐이었다.

하지만 그런 대마왕의 발언은 영웅의 뒤에 바짝 엎드려 있던 마왕군을 자극하게 했다.

마왕군은 일제히 고개를 들어 한때 자신들이 따르던 대마왕을 죽일 듯한 표정으로 노려보기 시작했다.

그 광경을 본 이곳 차원의 대마왕, 칼데이스가 어이가 없다는 표정으로 마왕군을 바라보다가 이내 서서히 표정을 구겼다.

"이, 이것들이! 모조리 찢어 죽여 주마! 일개 인간 따위를 섬기다니!"

칼데이스가 분노하며 포효하자, 바일이 그런 그를 보며 고개를 저었다.

바일은 칼데이스의 저런 발언이 남 같지 않았다.

자신도 한때 그렇게 생각한 적이 있었기 때문이었다.

"너 지금 그 말 나중에 후회한다. 그건 내가 장담하지."

"으드득! 오냐! 다른 차원에서 온 애송이! 네놈부터 치우고 저 인간 놈에게 직접 묻겠다!"

칼데이스의 몸에서 엄청난 기의 소용돌이가 휘몰아치자 주변에 있던 마왕들이 고통스러워했다.

그런 마왕들에게 칼데이스가 명령했다.

"옆에서 알짱거리지 말고 내 말을 거역하는 모든 것을 전부 지워라. 정복이고 뭐고 다 필요 없다. 전부 지워 버려라!"

대마왕의 명령에 네 마왕은 고통을 참으며 고개를 끄덕이고는 엑시온 진영 쪽으로 몸을 날렸다.

마왕들은 자신들의 대마왕이 저 근본 없는 다른 차원의 대마왕에게 질 것이라 생각하지 않았다.

아직 자신들의 대마왕은 진짜 힘을 선보이지 않았기 때문이었다.

'대마왕님께선 너무 강해서 스스로가 봉인해 버린 힘도 풀지 않으셨다. 그런 우리의 대마왕님이 질 리가 없지.'

네 마왕은 각자 허공에 자신들의 문양을 새기기 시작했다.

문양들은 곧 빛을 발하였고, 엑시온 진영의 하늘 위에 검은 구체들이 여기저기 수십 개가 생겨났다.

구체는 점차 커지기 시작하더니 이내 온갖 종류의 몬스터들을 폭포수 쏟아 내듯이 쏟아 내었다.

셀 수도 없이 많은 몬스터의 등장에, 사람들은 혼비백산하거나 절망과 공포에 떨었다.

구체에서 쏟아져 나오는 몬스터들은 각 마왕의 직속 정예
군이었다.

쏟아져 내리는 몬스터들은 어느새 수십만.

엑시온제국군과 과거 마왕군의 사이에서 두 진영을 살기
가득한 눈으로 노려보기 시작했다.

마왕군 진영은 영웅의 명령만 떨어지면 언제든지 적들과
붙을 기세로 같이 살기를 끌어올리고 있었고, 인간 군사들
은 지금 이 말도 안 되는 상황에 정신을 차리지 못하는 상태
였다.

다들 혼비백산하며 허둥대고 있을 때, 엑시온의 황제가 가
장 먼저 정신을 차리고 외쳤다.

"모두 정신 차려라! 싸워도 죽고 도망가도 죽는다! 비참하
게 죽느니 당당하게 맞서 싸우다가 명예롭게 죽자!"

황제의 외침에 두려움을 떨쳐 내기라도 하려는 듯 병사들
이 손에 들고 있는 무기를 꽉 움켜잡기 시작했다.

병사들을 지휘하는 장수들도 황제의 명을 받아 병사들의
사기를 끌어올렸다.

"저들을 두려워 마라! 어차피 우리가 갈 곳은 더는 없다!
이래 죽으나 저래 죽으나 마찬가지라면 한 놈이라도 더 죽이
고 가자! 우리의 무서움을 보여 주자! 전군! 공격하라!"

"와아아아!"

두드드드드드-.

장수들의 말에 병사들은 공포심을 지우려는 듯 거센 함성을 외치며 떨어져 내리는 몬스터들을 향해 일제히 달려들었다.

　마치 거대한 파도가 밀려드는 것처럼 인간들의 군대는 하늘에서 떨어지는 수십만의 몬스터를 향해 돌격했다.

　엑시온의 군대가 몬스터들을 향해 돌진할 때, 다른 종족들 역시 각자 본인들의 무기를 꺼내 들며 외쳤다.

　"우리도 가자! 인간들을 도와라!"

　"열 놈씩 잡아라! 안 그러면 내 손에 죽을 줄 알아!"

　"가자!"

　수만 명에 달하는 드워프족이 자신들의 덩치만 한 도끼를 들고 뛰기 시작했고, 뒤에서는 수천 명의 엘프가 마왕의 정예군들을 향해 활시위를 당겼다.

　활이 부러질 것같이 휘어진 상태에서 엘프들은 기다렸다.

　그리고 인간군과 몬스터들이 충돌하는 순간 당겨진 활시위를 놓았다.

　퓨앙-.

　수천 발의 화살이 하늘을 뒤덮으며 마왕군의 몬스터들을 향해 빛살같이 날아갔다.

　퍼퍼퍼퍽-.

　화살의 위력이 어찌나 강력한지, 덩치가 큰 몬스터들이 화살을 맞고 뒤로 날아갈 정도였다.

엘프들의 강력한 화살 비 뒤에 엑시온제국의 자랑인 마법 전단의 마법 공격이 떨어져 내렸다.

쿠콰콰콰쾅-.

온갖 종류의 마법 공격과 인간군의 거침없는 돌격, 그리고 드워프와 엘프의 지원으로 몬스터들이 조금씩 밀리는 형세를 취했다.

하지만 이내 몬스터들의 반격이 시작되었다.

쿠어어어어-.

산처럼 거대한 덩치에 커다란 외눈을 가진 사이클롭스가 커다란 몽둥이를 휘둘렀고, 몽둥이가 지나간 곳의 군사들은 강풍에 휩쓸리는 낙엽처럼 우르르 쓸려 나갔다.

다른 곳에서는 오우거들과 늑대 모습을 한 몬스터들이 무기를 휘두르며 달려 나와 엑시온군과 전투를 시작했다.

이렇게 몬스터들과 중간계 종족들 간의 처절한 전투가 시작될 무렵, 한쪽에서는 드래곤들과 마스터 세븐이 마왕들과 대치 중이었다.

"크크킄! 네놈들이 우리를 상대로 이길 수 있다고 생각하느냐?"

마왕들은 자신들을 막아서는 드래곤들과 마스터 세븐을 바라보며 비웃었다.

전에도 드래곤들은 자신들과의 싸움에서 패배하고 도망간 전적이 있었기 때문이었다.

"이번에는 도망갈 수도 없을 텐데? 전부 다 지워 버리라는 명령이 내려와서 말이지. 너희를 그때처럼 살려 보내 줄 수가 없거든."

마왕들의 비아냥에 마스터 세븐과 드래곤들은 과거의 아픈 기억이 떠올랐는지, 이를 악물고 마왕들을 노려볼 뿐이었다.

마왕들은 그런 그들을 바라보며 말했다.

"크크, 그렇게 노려보지 않아도 곧 죽여 줄 거야. 자, 느껴지나? 이 아름다운 소리와 이 향긋한 냄새가. 크큭."

마왕들은 사방에서 들려오는 고통 가득한 비명과 진득한 피비린내에 연신 즐거운 미소를 지었다.

"닥쳐라!"

마왕의 말에 더는 참지 못하겠는지, 어느새 푸른빛이 감도는 비늘을 가진 블루 드래곤의 본체로 변신한 레이든이 하늘 위로 날아올라 입을 쩍 벌렸다.

벌려진 레이든의 입으로 차갑고 푸른 기운들이 뭉치기 시작했다.

고오오오-.

블루 드래곤의 아이스 브레스였다.

하지만 레이든은 자신의 브레스를 날리지 못했다.

빠악-!

브레스의 기운을 모으던 그 순간, 마왕 중 하나가 순간 이동을 해 레이든의 턱을 발로 올려 차 버린 것이다.

쿠당탕탕-!

"크큭, 그렇게 느려 터진 공격을 누가 맞아 준다더냐? 너희 도마뱀 놈들은 그게 문제야. 언제나 느긋하지. 이런 위기 상황에서도 말이야."

그랬다.

드래곤 브레스는 강력한 공격이긴 했지만, 그러기 위해선 드래곤 하트에서 입으로 마나를 이동시킨 후 응축해야 했다.

그리 길지 않은 시간이지만 마왕들에게는 하품이 나올 정도로 지루한 시간이었다.

거기에 대놓고 나 이제 드래곤 브레스를 위해 입에 마나를 모을 거라는 동작까지 취하니, 그것을 맞을 멍청한 마왕은 없었다.

인간들이야 브레스의 엄청난 위력과, 공격을 해도 통하지 않는 두꺼운 가죽으로 인해 공포에 떤다지만, 마왕들은 아니었다.

마왕들의 힘 앞에서는 드래곤의 가죽도 소용없었다.

이렇게 약점이 있음에도 이들은 전혀 개선할 생각을 하지 않았다.

이것이 이 세상에 존재하는 드래곤들이 멸종에 가까운 괴멸 상태가 된 이유였다.

오랜 세월 동안 자신들을 건드릴 자가 없다는 자만심에 빠져 수련을 하지 않은 결과.

이들의 선조들은 끊임없이 마법을 연구하고 자신들의 능력을 높이기 위해 수련을 했었지만, 지금 세대의 드래곤들은 그런 노력이 없었다.

그랬기에 강력한 마나와 무적의 능력을 가지고 있음에도 이렇게 속수무책으로 당하는 것이었다.

지금도 마왕의 발 차기에 제대로 방어도 못 해 보고 당했다.

마왕은 자신의 한 손에 마력을 응축하기 시작했다.

이내 주변 공간이 비틀릴 정도로 강하게 응축된 기운이 일렁거렸고, 마왕은 그것을 그대로 반기절 상태의 레이든을 향해 날렸다.

"멍청한 도마뱀! 그대로 죽어라!"

강렬한 기운이 뭉친 마력 에너지탄은 블루 드래곤을 향해 섬전같이 날아갔다.

그 힘과 속도로 인해, 마력탄을 중심으로 쇼크웨이브가 터져 나갔다.

콰콰콰콰-!

쯔잉- 쯔잉- 쯔잉-!

다른 드래곤들은 블루 드래곤 혼자서 저 마력탄을 감당할 수 없음을 깨닫고 재빨리 블루 드래곤이 있는 곳에 배리어를 집중적으로 펼쳤다.

쩌정-!

쿠콰콰쾅-!

이중, 삼중으로 설치된 배리어를 뚫지 못하고 튕겨 나간 마력탄은 다른 곳으로 날아가 폭발했다. 거대한 버섯구름과, 엄청난 후폭풍과 함께.

그 바람의 세기가 얼마나 세찼던지, 전투를 하던 양 진영의 병력이 휘청거리며 몸을 제대로 가누지 못할 정도였다.

연신 즐거운 미소를 짓던 마왕들은 드래곤들과 마스터 세븐을 바라보며 말했다.

"크큭! 제법 꿈틀거리는구나. 그래야지. 암, 그래야지."

"크크큭! 저 정도면 놀 마음이 생기지."

"자, 이제 본격적으로 즐겨 보자!"

"나는 드래곤을 맡겠다!"

"나도!"

"나도!"

"에이씨! 다 드래곤을 맡겠다고 하면 저기 저 인간 놈들은 누가 맡아!"

"네가 맡으면 되지!"

"닥쳐! 이러지 말고 내기로 정하자!"

마왕들은 서로가 드래곤을 맡겠다며 말다툼을 하더니 이내 모여서 무언가를 쑥덕거리기 시작했다.

그런 마왕들을 보며 멍하니 바라보던 드래곤들은 곧 그들이 자신들과 싸울 마왕을 정하기 위해 내기를 하고 있다는 사실을 깨달았다.

"으드득! 이 새끼들이 우리를 진짜로 우습게 보고 있구나!"

"위대한 드래곤의 힘을 저들에게 보여 주자!"

"내가 먼저 시작하지. 기가 라이트닝 필드!"

"마그마 스톰!"

"슈퍼 익스트림 아이스!"

쿠콰콰콰쾅-!

쩌저정-!

빠지지지직-!

분노한 드래곤들이 날린 고위 마법이 마왕들이 모여 있던 곳을 향해 일제히 시전되었고, 엄청난 파괴력과 함께 마왕들이 있던 장소를 초토화했다.

하지만 드래곤들이 전개한 마법을 맞은 마왕들은 단 하나도 없었다. 너무 뻔한 공격에 다들 예상하고 피한 것이다.

마법을 피하며 각각 둘로 갈라진 마왕들의 표정은 상반되어 있었다.

한쪽은 환하게 웃고 있었고 한쪽은 시무룩한 표정으로 드래곤들을 노려보고 있었다.

"크하하하! 내가 뭐랬어! 저 드래곤 놈들은 우리가 틈을 주면 무조건 공격한다니까! 우리가 이겼다, 인정하지?"

"에이씨! 바로 공격을 할 줄은 몰랐는데. 그래, 너희가 이겼다. 우리가 인간 쪽을 맡지."

'자신들이 틈을 주면 드래곤들이 공격을 한다'와 '바로는 안 한다'로 내기를 한 모양이었다.

그래서 드래곤들이 공격할 것에 대비하고 있었다.

내기에서 이긴 마왕들은 즐거운지 연신 입가에 미소를 띠고 있었다.

그 모습에 더더욱 자존심이 상한 드래곤들은 일제히 공중으로 날아올라 입을 크게 벌리고 드래곤 브레스를 뿌릴 준비를 하였다.

그것을 본 마왕들이 고개를 절레절레 흔들며 말했다.

"그거 이제 안 통한다니까. 도대체 왜 말을 해 줘도 알아듣질 못하지?"

"그러니 하등한 도마뱀이지."

"크큭! 친절하게 다시 한번 알려 주지. 하앗!"

투콰콰콰콰ー!

마왕은 브레스를 모으고 있는 드래곤들을 향해 양손을 마구 휘두르며 그들이 있는 방향을 향해 강력한 마력탄들을 쏘아 댔다.

블루 드래곤을 향해 쏘았던 것과 같은 마력탄이었지만, 다른 점이 있었다.

바로 한 개가 아니라 수십 개가 매우 **빠른** 속도로 드래곤들을 향해 쏘아지고 있다는 점이었다.

드래곤들을 브레스의 기운을 모으다가 자신들을 향해 날아오는 수십 발의 마력탄을 발견하고는, 다급하게 브레스를 취소하고 재빨리 그곳을 피했다.

"으악! 피, 피해!"

"치, 치사하게 준비하고 있는데 공격을 하다니!"

간발의 차이로 간신히 마력탄을 피한 드래곤들에게 또 다른 마왕이 달려들었다.

"크크큭! 머저리 같은 놈들, 이리로 올 줄 알았다."

다른 곳에서 기다리던 마왕의 주먹이 드래곤들을 향해 잔상을 남기며 날아갔다.

퍼퍼퍽-!

마왕은 드래곤들에게 인정사정없이 공격을 퍼부었다.

드래곤들은 반격을 하려 했지만 그럴 수 없었다.

과거 그들이 알고 있던 마왕들이 아니었다.

적어도 과거에는 서로 대등하거나 드래곤 쪽이 우위였었다.

물론 헤레이스 아더라는 괴물이 존재할 때 이야기였지만.

"크흑! 이, 이렇게 강해지다니!"

한 드래곤의 중얼거림에 마왕이 피식 웃었다.

그리고 공격을 멈추고 거리를 벌린 뒤에 팔짱을 낀 채 드래곤들에게 그 이유를 말해 주었다.

"네놈들에게 당했던 수모를 갚으려면 강해져야지. 목숨을 걸고 수련했으니 이 정도 강함은 당연한 거 아니겠어? 우리를 이겼다는 그 오만함이 지금 너희를 이런 상황에 처하게 만든 것이다."

마왕은 공격을 멈추고 친절하게 드래곤들에게 힘의 차이가 벌어진 이유에 대해 말해 주었다.

그런 설명이 드래곤들을 더더욱 비참하고 좌절에 빠지게 했다.

"뭐야? 왜 애들 풀을 죽여 놔. 나는 재미를 어찌 보라고."

"아, 미안. 나도 모르게 답답해서 한마디 한다는 것이."

"그러니까 내가 아까 말했잖아. 적당히 저들이 상대할 수 있다는 희망을 주면서 싸우라니까는."

"그럴 걸 그랬나? 크큭, 나도 모르게 신이 나서. 가죽이 두꺼워서 그런가, 때릴 맛이 나더라."

"됐어. 한두 놈 죽이면 나머지는 살려고 버둥거리겠지."

"크큭, 그거 좋은 생각이다. 내기에서 이겼는데 재미를 봐야지."

"좋아! 너는 재미 실컷 봤잖아. 이번엔 내 차례야. 끼어들 생각 하지 마. 하앗! 데스 스피어!"

피잉-!

제1마왕은 손에서 생겨난 검은 창을 조금의 주저함도 없이 쓰러져 있는 블루 드래곤을 향해 날렸다.

아직 팔팔하게 움직이는 애들을 죽여서 재미를 감소시키

는 것보다, 기절해서 있으나 마나 한 드래곤을 목표로 삼은 것이다.

다른 드래곤들은 그것을 보고 재빨리 블루 드래곤이 있는 곳으로 배리어를 펼치려 했으나, 마왕이 날린 데스 스피어의 속도가 그것보다 더 빠르게 움직여 블루 드래곤이 있는 곳으로 날아갔다.

제1마왕은 자신이 던진 데스 스피어가 그 무엇의 방해도 받지 않고 블루 드래곤의 몸을 꿰뚫어 확실하게 목숨을 끊을 것이라 확신했다.

까강-!

하지만 제1마왕의 확신은 틀렸다.

아무도 자신의 공격을 방해할 수 없을 것이라 생각했는데, 그것이 보기 좋게 빗나간 것이다.

제1마왕과 제3마왕은 블루 드래곤 앞에 나타난 붉은 머리를 바라보았다.

그리고 고개를 갸웃거렸다.

어디선가 많이 본 얼굴이었으니까.

"엇! 저 자식……. 가만 이 기운 어디서……. 느껴 봤는데……."

마왕들이 붉은 머리를 바라보며 고개를 갸웃거릴 때, 주변에 있던 드래곤들이 외쳤다.

"아더!"

"우, 우리를 구해 주러 온 것이냐?"

드래곤들의 외침에, 마왕들은 그가 누군지 깨달았다.

"크크, 인제 보니 광룡이었군."

"어? 그러네? 맞네? 죽었다고 들었는데?"

"크큭, 그게 중요하냐? 우리를 즐겁게 해 줄 진짜가 나타났는데. 우리의 실질적인 원수는 바로 저놈이라고."

"맞아! 크크, 저놈이 진짜 원수지. 저놈을 잡기 위해 수련한 것이니까."

"그나저나 들기로는 드래곤 사이에서 따돌림을 당했다고 들었는데……. 그래도 동족이라고 구하러 온 건가?"

마왕들은 아더의 등장에 매우 놀란 표정이 아니었다.

반면 마왕들이 아더를 따돌리던 과거의 이야기를 나누는 것을 들은 드래곤들은 부끄러웠는지 다들 고개를 푹 숙이고 차마 아더를 바라보지 못했다.

그중에 골드 드래곤이 아더에게 말했다.

"미안하다. 나, 나중에 우리를 욕하고 때려도 좋아. 아니, 네가 하라는 것은 그게 무엇이든지 하겠다. 그러니……. 제발 우리를 좀 도와줘."

골드 드래곤의 부탁에 다른 드래곤들도 고개를 들고 끄덕이며 한마디씩 했다.

"맞아! 우리가 잘못했어! 이제……. 남아 있는 동족도 이게 전부다. 우리를 용서하지 못하겠다면 용서하지 않아도 돼. 대신, 우리가 아닌 이 세계를 위해 너의 힘을 보태 줘. 부탁이야."

"빌라면 빌게. 제발 도와줘."

이들이 한때 아더를 시기하고 질투했던 이유는 하나였다.

역대 드래곤 중에서 가장 뛰어난 능력을 갖췄으니까.

가장 강하고 가장 멋있고 가장 뛰어났다.

같이 어울리면 자신들이 초라해지는 그런 존재였기에, 아더를 멀리하고 배척했었다.

아더는 그런 그들을 보며 씁쓸한 표정을 지었다.

한때 원망도 많이 했었다.

이곳으로 돌아오면 전부 가만두지 않겠다고도 생각했었다.

아더는 자신을 향해 용서를 구하는 드래곤들을 보며 나직하게 말했다.

"멍청이들……."

아더의 차가운 말에 드래곤들이 움찔했다.

"잘 봐 둬. 드래곤은 마왕 따위에게 지지 않는 위대한 종족임을 말이야."

이어지는 아더의 말에 드래곤들의 표정이 환해졌다.

아더는 그런 드래곤들을 뒤로하고 마왕들을 향해 몸을 돌렸다.

"크큭, 해후는 다 했나?"

"우리 진짜 신사적이지 않냐? 인사 나눌 시간도 주고."

마왕들은 아더가 드래곤들과 대화하는 동안 팔짱을 낀 채 가만히 그것을 지켜봐 주었다.

"고맙군. 감사의 의미로 빠르게 끝내 주지."

"뭐? 크하하하! 좋아! 그런 오만한 자세, 아주 좋아!"

"재밌겠다! 크큭! 어서 시작하자!"

아더의 당당한 모습에 마왕들은 정말로 즐거운 미소를 지으며 아더에게 달려들었다.

즐거운 얼굴과는 다르게 마왕들의 몸에서는 광폭한 기운이 넘실거리고 있었다. 그 기운은 아더 혼자서 상대할 수 있는 기운이 아닌 것처럼 보였다.

다른 드래곤들은 아더를 돕기 위해 용기를 내어 몸을 움직이려 했다.

쩌저정-!

그때 거대한 폭음이 들려오며 엄청난 후폭풍이 몸을 움직이려는 드래곤들을 덮쳤다.

다가오는 마왕들을 기다리지 않고 아더가 같이 달려들어 격돌한 것이다.

드래곤들은 자신들도 모르게 인상을 찡그렸다.

아더가 너무 성급하게 덤벼들었다고 생각한 것이다.

드래곤 혼자서 마왕 하나를 상대하기도 버거운 판에, 마왕 둘을 향해 달려들었으니.

하지만 그것이 자신들의 착각이었다는 것을 깨닫는 데에는 오랜 시간이 걸리지 않았다.

드래곤들의 눈에는 믿기지 않는 광경이 펼쳐지고 있었다.

아더의 공격에 마왕 둘이 밀려 난 것이다.

밀려 난 것도 모자라 아더의 이어지는 공격을 방어하기 급급한 모습을 보여 주고 있었다.

퍼퍼퍼펑─!

"크윽! 빌어먹을 도마뱀 같으니라고!"

"이렇게 강하다니!"

마왕들은 생각보다 훨씬 강한 아더의 모습에 크게 당황하며 정신없이 아더의 공격을 막았다.

그런 마왕들을 향해 아더는 말도 안 되는 공격을 시작했다.

"헬파이어 삼중첩!"

큐잉─ 큐잉─ 큐잉─!

보기만 해도 숨이 턱하고 막힐 것 같은 모습의 헬파이어가 연속으로 중첩되는 소리가 들려왔고, 이를 본 다른 드래곤들은 침을 꿀꺽 삼켰다.

"저, 저게 가능한 거야?"

"모, 모르지. 시도해 본 적이 없으니까."

"광룡다운 생각이다. 저걸 시도할 생각을 하다니……."

이 광경을 보고 황당해하는 것은 드래곤들뿐이 아니었다.

마왕들 역시 크게 당황해하며 이게 지금 무슨 상황인지 파악하려 애썼다.

"뭐, 뭐야! 헤, 헬파이어를 중첩한다고?"

"미친! 그게 말이 돼? 광룡, 광룡 하는 이유가 다 있었어! 저, 저 자식은 미친 드래곤이 맞다!"

"그보다 저거 막을 수 있겠냐?"

"일단 배리어부터 펼쳐! 저놈 저거 던졌다!"

"크으윽!"

빠지지직-!

아더가 삼중첩이 된 헬파이어를 마왕들이 있는 방향으로 던지자, 마왕들은 다급하게 배리어를 펼쳤다.

배리어는 강력한 뇌전을 뿜으며 근처로 다가오는 것을 전부 소멸시킬 기세로 번쩍거리고 있었다.

이것은 마계 배리어의 특징이었다.

방어와 공격을 동시에 하도록 설계된 배리어.

거기에 마왕이 펼친 배리어였고, 심지어 하나도 아니고 두 명의 마왕이 중첩을 시켜 펼친 배리어였다.

절대로 깨질 수 없는 배리어라 생각한 두 마왕은 아더의 공격을 막고 반격하기 위해 준비했다.

쩌정-!

"크윽! 미, 미친!"

"버, 버텨! 배, 배리어가 깨지려고 한다!"

무난하게 막을 수 있을 것이라 생각했던 마왕들은 자신들의 예상을 뛰어넘는 엄청난 강함의 헬파이어에 크게 당황하며 모든 힘을 배리어에 쏟아붓기 시작했다.

배리어가 뚫리면 자신들이 감당해야 할 충격이 절대로 작지 않음을 알기 때문이었다.

하지만 그들은 몰랐다.

자신들의 등 뒤에 아더가 사악한 미소를 지으며 서 있다는 사실을 말이다.

"막느라 고생이 많지?"

두 마왕은 뒤에서 들려오는 소리에 화들짝 놀라서 고개를 돌렸다.

사악한 미소를 짓고 있는 아더.

아더는 마왕들을 향해 두 손을 겹쳐서 손가락 부분을 위아래로 살짝 벌렸다.

그 현상이 마치 작은 드래곤이 입을 벌리는 모양이었다.

그러면서 친절하게 설명했다.

"어때? 손 모양이 드래곤의 얼굴을 닮았지? 생각해 보니 드래곤 브레스라는 멋진 기술을 쓰기 위해선 맨날 본체로 변해야 하는 번거로움이 있단 말이지. 그래서 내가 만들었어. 본체로 변하지 않고도 쓸 수 있는 더 강한 드래곤 브레스를 말이야."

고오오오오-!

드래곤 모양으로 만든 손 주위로 거대한 기운들이 휘몰아쳤고, 입으로 보이는 부분에서 눈이 부실 정도로 강렬한 빛이 새어 나오기 시작했다.

아더가 자신의 손을 천천히 펼치자, 그 모습은 마치 드래곤이 브레스를 쏘기 위해 입을 벌리는 모습 같았다.

"사실 너희에게 처음 선보이는 거야. 영광으로 알라고."

"그걸 왜 하필 우리한테 선보이냐고오!"

"이, 일단 앞에 있는 저 빌어먹을 헬파이어에 신경 써!"

"너 저거 안 보여? 저 도마뱀 놈 손에 맺힌 기운이 안 느껴지냐고!"

"그럼 어쩌라고!"

"뭘 어째! 피해!"

"이런 젠장!"

마왕들은 재빨리 헬파이어를 피해 순간 이동을 했고 헬파이어는 마왕들이 있던 장소로 떨어졌다.

쿠콰콰콰콰콰쾅-!

터져 나간 헬파이어는 화산이 폭발하는 것처럼 엄청난 파괴력을 보여 주었다.

마왕들은 거친 숨을 내쉬며 거대한 폭발을 바라보고 있었다.

하지만 넋 놓고 마냥 그것을 바라만 볼 수는 없었다.

"드래곤 브레스는 어딨지?"

제1마왕의 외침에 재빨리 아래를 바라보았다.

자신들을 향해 이미 조준된 아더의 손. 마왕들은 나직하게 중얼거렸다.

"빌어먹을……."

"저건 못 피하겠는데?"

쿠아아아아아아–!

그와 동시에 극한으로 압축된 기운이 짙은 광선이 되어 아더의 손에서 쏘아졌다.

마왕들은 미처 피하지 못하고 그것을 직격으로 얻어맞고 말았다.

"끄아아아악!"

"크허헉!"

아더의 드래곤 브레스는 마왕들을 삼키며 하늘 위를 가득 뒤덮고 있는 먹구름을 뚫고 사라졌다.

브레스가 지나간 자리는 먹구름이 원형 모양으로 사라져 빛들이 마치 조명을 비추듯이 비추고 있었다.

그 빛들 사이로 두 마왕이 의식을 잃은 채 바닥으로 떨어져 내렸다.

그 광경은 마치 신의 광명이 어둠을 걷어 내고 축복을 내리는 것처럼 보였다.

그 순간 모든 전투가 멈추고 그곳에 있는 모든 이가 그 장면을 바라보았다.

마계의 마왕이 하나의 드래곤에게 일방적으로 당해 떨어

지는 장면은 마족뿐 아니라 같은 마왕들에게도 충격으로 다가왔다.

반면 인간을 비롯한 수많은 중간계 종족들과 드래곤들에게는 희망의 빛으로 보였다.

특히 같은 마왕인 제2마왕과 제4마왕은 이 말도 안 되는 광경에 움직이지도 못하고 멍하니 그 장면을 바라보고 있었다.

"저, 저게 뭐야?"

"설마 당한 거야? 드래곤 따위에게?"

제2마왕과 제4마왕 앞에는 그들에게 당해 부상을 입은 마스터 세븐이 거친 숨을 내쉬고 있었다.

"정말 한심하군. 이놈들 후딱 끝내고 우리가 가서 처리하자."

"그래."

두 마왕은 마스터 세븐을 죽이는 것을 대수롭지 않게 생각하며 천천히 손에 기운을 불어 넣었다.

"크크크, 그래도 잠시나마 즐겁게 해 준 대가로 고통 없이 한 방에 죽여 주마."

"마음에도 없는 소리를 하고 그러냐. 바빠서 그런 거잖아. 크크, 원래였다면 저놈들 하나하나 고문하며 즐겼을 거면서."

"너는 내가 못 속이겠군."

두 마왕이 시시덕거리고 있던 그때, 마스터 세븐과 마왕들 사이로 누군가가 천천히 걸어 들어왔다.

새로운 인물의 등장에 마왕뿐 아니라 마스터 세븐들도 의아한 표정을 지었다.

"넌 뭐냐?"

"블레스."

"블레스? 그게 누군데?"

"이제부터 알려 주려고."

"허……."

마왕들은 어이가 없었다.

누구냐고 물었는데 대뜸 자신의 이름을 말했다.

들어 보지도 못한 이름이었기에 더더욱 황당했다.

"두려움에 미친 인간인가?"

"뭘 물어. 같이 치워 버리면 그만이지."

빠지지직─.

어느새 마왕의 손에 응축된 강렬한 기운이 섬뜩한 소리를 내기 시작했다.

"뭐, 고통 없이 죽을 생각으로 온 거면 제대로 선택한 거니 나름 똑똑한 것일지도."

"크윽, 다 같이 죽어라!"

제4마왕은 자신의 손에 응축된 기운을 마스터 세븐과 블레스를 향해 날렸다.

그리고 미련 없이 등을 돌리려 했다.

그 공격에 살아날 일은 없을 테니.

그런데.

써겅-.

무언가 잘려 나가는 소리와 함께.

쿠콰콰콰쾅-.

저 멀리서 거대한 폭발이 일어났다.

방향마저 조절했는지, 날아간 곳은 마왕이 소환한 몬스터들이 가득한 장소였다. 폭발은 순식간에 그곳에 있던 몬스터들을 곤죽으로 만들어 버렸다.

"어, 어떻게?"

제4마왕은 당황스러운 얼굴로 자신의 공격을 가볍게 갈라 버리고 무덤덤한 표정을 지으며 서 있는 블레스를 바라보았다.

"너, 방금 봤냐? 저 인간이 내 공격을…… 들고 있는 검으로 갈랐어."

"어, 나도 봤다. 제법 하는 인간이었나?"

등을 돌리려던 마왕들은 방금 블레스가 보여 준 엄청난 모습에 진지한 표정을 지었다.

조금 전 쏜 기운은 자신들이어도 저렇게 쉽게 막을 수 있는 것이 아니었기 때문이다.

"저 뒤에 있는 머저리들보다 강하다. 우리 조금은 진지해져야 할 것 같은데?"

제4마왕의 말에 제2마왕이 고개를 끄덕이면서 블레스에

게 물었다.

"어디서 온 놈이지? 너 정도 강자라면 우리가 모를 리가 없을 텐데?"

"대답할 의무가 없다. 난 단지 저들을 도와주라는 주인님의 명을 받고 왔을 뿐이다."

블레스가 뒤에 있는 마스터 세븐을 가리키며 말하자, 마왕들은 놀란 표정을 지었다.

"주인님?"

"뭐야? 이렇게 강한 놈이 모시는 사람이 있다고?"

마왕들의 반응에 블레스의 한쪽 입꼬리가 올라갔다.

"주인님의 뜻에 따라 너희를 제압하겠다."

파앗-.

말이 끝남과 동시에 블레스는 자신의 잔상을 남기며 마왕들을 향해 돌진했다.

쩌정-.

갑작스러운 공격에 마왕들은 재빨리 방어했지만, 완벽한 방어가 아니었는지 이곳저곳에 상처가 생겨났다.

마스터 세븐과 싸울 때와는 완전히 다른 상황이 된 것이다.

"크흑! 이, 이놈!"

마왕들은 방금 그 공격으로 확실하게 알게 되었다.

블레스의 강함은 진짜라는 사실을.

"조심해! 저놈은 진짜다!"

"나도 알아! 드래곤보다 더 강한 것 같다."

둘이 블레스를 노려보며 공격 태세를 갖추려는 그 순간.

쩌억—.

"커헉!"

제2마왕이 갑작스러운 충격과 함께 구석으로 날아가 꿈틀 거리다가 이내 축 처졌다.

갑작스러운 상황에 놀란 제4마왕이 고개를 돌리니, 그곳 에는 아더가 미소를 지으며 서 있었다.

"안녕?"

아더의 인사에 제4마왕은 자신도 모르게 침을 꿀꺽 삼켰 다.

블레스의 강함에 뒤에 아더가 있다는 사실을 망각하고 있 었던 것이다.

아더는 제4마왕에게 인사하고는 블레스에게 말했다.

"미안, 주인이 빨리 치우라고 해서 말이지."

아더의 말에 블레스가 고개를 끄덕이곤 자신의 검 손잡이 를 잡더니 스르륵 사라졌다.

피잇—.

실바람 가르는 소리와 함께, 블레스는 제4마왕의 등 뒤에 서 나타나며 검을 다시 검집에 집어넣었다.

"주인님의 명이라면 따라야지요."

철컥—.

검집에 검이 완전히 들어감과 동시에 제4마왕의 몸에서 피 분수가 터져 나왔다.

푸확-.

"커헉!"

그리고 천천히 무너져 내리는 제4마왕을 뒤로한 채 무심한 표정으로 되돌아가는 블레스였다.

한편, 엑시온의 황제는 전투를 지켜보던 중에 마왕들이 쓰러지는 것을 보고는 자신의 품속에 있던 주신의 은총을 꺼내 들었다.

주신의 은총.

광이 번쩍거리는 은색의 원반 모양에, 알 수 없는 문양들이 가득 새겨져 있었다.

평소에는 아무런 기운도 느껴지지 않는 평범한 목걸이처럼 생겼다.

엑시온 황제는 자신이 가진 모든 기운을 그 주신의 은총에 불어 넣기 시작했다.

주신의 은총을 깨우기 위해서였다.

마왕들이 쓰러진 이때, 주신의 은총의 힘을 빌어 대마왕을 물리치겠다는 생각이었다.

하지만 주신의 은총을 깨우기에는 턱없이 부족했다.

혼자의 힘으로는 절대로 이것을 깨우기는 불가능했다.

"크읔! 역시 전설대로군. 힘이 부족하다."

황제가 주신의 은총을 깨우기 위해 발버둥을 치던 이때, 한쪽에서 상황을 지켜보던 영웅의 눈이 반짝거렸다.

'찾았다.'

그랬다.

영웅이 이 전투에 개입하지 않은 이유가 바로 이것이었다.

어딘가에 숨어 있을 주신의 은총의 기운을 찾기 위해서.

전투가 계속되면 분명 주군가가 주신의 은총을 가져와 상황을 반전시키기 위해 사용할 것이라 짐작했고, 그 예상은 맞아떨어졌다.

영웅의 신형이 순식간에 그 자리에서 사라졌다.

파앗-.

그리고 주신의 은총의 기운이 느껴지는 곳으로 이동한 영웅은 끙끙거리며 주신의 은총에 기운을 불어 넣는 황제를 발견했다.

영웅은 주신의 은총을 향해 손을 뻗었다.

그러자 황제의 손에 들린 주신의 은총이 빛을 발하며 허공으로 떠오르더니, 이내 영웅의 손아귀로 이동했다.

갑작스러운 상황에 당황한 황제가 고개를 들어 영웅을 보았다.

"누, 누구냐!"

"나? 이것의 주인."

"무, 무슨……."

황제가 말도 안 되는 소리라는 말을 하려는 순간, 영웅의 손에서 엄청난 양의 신성력이 느껴졌다. 황제의 입은 저절로 다물어졌다.

영웅의 손에 모인 신성력은 이내 주신의 은총으로 빨려 들어갔다. 곧 주신의 은총에서 조금씩 반응이 일어나더니, 이내 엄청난 신성력이 뿜어져 나왔다.

갑자기 등 뒤에서 느껴지는 엄청난 신성력에 마왕군들이 화들짝 놀라 돌아보았다.

그들은 엑시온 황제의 머리 위로 태양과 같은 신성 기운이 모여 있는 것을 발견했다. 주신의 은총에 새겨져 있는 특이한 문양을 중심으로.

"헉! 저, 저게 뭐야?"

"크윽! 미친! 저런 신성력이라니!"

마왕군들이 엄청난 신성력을 보고 경악하는 그 순간, 신성 기운이 몬스터들과 마왕군을 향해 날아갔고 이내 마왕이 소환한 모든 것을 집어삼켰다.

자신의 병력이 주신의 은총에서 나온 신성력에 당해 쓰러져 가는데도 이곳 차원의 대마왕, 칼데이스의 시선은 그들이 아닌 엑시온 황제의 손에 들린 주신의 은총을 향해 있었다.

아니, 정확하게는 주신의 은총의 능력이 발현되면서 나오는 특이한 문장을 주시하고 있었다.

"저, 저건?"

칼데이스는 주신의 은총을 보더니, 경계하는 눈빛이 아니라, 기쁜 눈빛을 보였다.

"찾았다! 정말로 그분들이 말씀하신 모습 그대로구나! 이제 그분들께서 내게 주신 임무를 완수할 수 있게 되었다."

칼데이스의 입에서 물건을 찾아 만족한 목소리가 흘러나왔다. 그는 이내 자신의 아공간을 열어 거무튀튀한 작은 무언가를 꺼냈다.

가운데 붉은 버튼만 존재하는 이상한 물건이었는데 대마왕은 그 붉은 버튼을 꾸욱 누르고는 바닥으로 던졌다.

그것을 본 바일이 고개를 갸웃거리며 물었다.

"뭐야? 싸우다 말고."

"크큭! 몰라도 된다. 내가 해야 할 일을 끝냈으니 이제 마음 놓고 네놈을 죽여 주마."

"하하, 여태껏 나에게 제대로 된 공격도 하지 못했으면서 지금 그게 말이 된다고 생각하냐? 그리고 같은 마왕인데 꼭 죽이겠다는 표현을 해야 하나? 친하게 지낼 수도 있잖아."

"마왕의 수치 같은 네놈을 없애야만 직성이 풀릴 것 같거든. 그리고 나는 아직 내 진짜 힘을 네놈에게 보이지 않았다."

"뭐라는 거야."

바일이 뭔 개소리냐는 표정으로 중얼거리자, 칼데이스가 입가에 미소를 지으며 자신의 귀걸이들을 뜯어내 버렸다.

파앗-.

"이 귀걸이들이 나의 힘을 봉인하는 봉인구였다. 크크큭. 한 개가 풀릴 때마다 나의 힘은 배로 강해진다. 그런 봉인구를 세 개 전부 풀었다."

"아, 그러세요. 그다지 강해진 느낌은 안 드는데?"

"크큭! 그럴 수밖에. 내가 기운을 개방하지 않았으니까! 하앗!"

쿠아아아아아아아아-!

6장

칼데이스가 자신의 힘을 개방하자 그의 몸에서 검은 기운이 나와 주변으로 휘몰아치기 시작했다.

예전의 바일이었다면 지금 대마왕의 엄청난 기운을 보며 이를 악물었겠지만, 지금은 아니다.

영웅이 자신에게 준 순수한 마기는 그 어떤 마왕도 가지지 못한 진정한 마왕의 기운을 느끼게 해 주었다. 또, 힘을 봉인하고 있는 것은 바일 역시 마찬가지였다.

무덤덤하게 서 있는 바일을 보며 칼데이스는 자신의 기운을 느끼고 긴장해서 몸이 굳은 것이라 생각했다.

그런 바일에게 쐐기를 박기 위해 칼데이스가 즐거운 듯 미소를 지으며 말했다.

"크큭! 내가 한 가지 더 재미난 사실을 알려 줄까? 조금 전에 내가 누른 것은 마신계로 보내는 신호탄 같은 것이다. 이제 곧 마신계에서 그분들이 오실 것이다. 나 따위는 감히 상대도 되지 않는 그분들이 말이다. 네놈도 마왕이라니까 알것이다. 자, 어떠냐? 나에게 잘 보인다면 네놈에게 마계 이인자의 자리를 주마."

"뭐라는 거야. 너보다 강한 자들이 오고 있다며? 그럼 그자들한테 잘 보여야지 왜 너한테 잘 보이냐?"

"크큭, 그분들이 네놈 말을 들어주실 것 같으냐?"

"그건 봐야 알지. 들어줄지도 모르는 일이잖아? 나도 대마왕인데."

"오냐, 그 전에 네놈을 곤죽으로 만들어 주마."

기세등등한 칼데이스의 말에 바일이 피식 웃으며 말했다.

"그런데 왜 힘을 봉인한 것은 너뿐이라고 단정 짓지? 나도 봉인했을 수도 있잖아."

"뭐?"

자신도 힘을 봉인했다는 바일의 말에, 칼데이스가 놀란 표정을 지었다.

바일은 한쪽 입꼬리를 올리며 자신의 손가락에 끼워져 있는 반지를 빼기 시작했다.

"크크, 당황하기는. 내 봉인구는 반지거든. 아! 나도 이 반지를 빼면 힘이 강해진다. 나는 다섯 개가 있는데 너랑 똑같이 세 개만 뺄게."

바일의 손에서 세 개의 반지가 빠져나왔고 이내 바일의 몸에서도 마력의 소용돌이가 휘몰아쳤다.

그러자 칼데이스가 발산하는 마력보다 더 짙고 강한 마력이 바일의 몸을 휘감았다.

"내 마력이 조금 더 진하고 강한 거 같네? 그치?"

"이. 이게 무슨? 마, 말도 안 돼! 어, 어떻게 나, 나보다 더 순수한 마기를 가, 가지고 있단 말이냐!"

정말로 자신보다 훨씬 강한 마력을 발산하는 바일을 보며 칼데이스는 크게 당황해 자신도 모르게 뒷걸음질을 쳤다.

그 순간 눈앞에 있던 바일의 신형이 흐릿하게 변하더니 순식간에 칼데이스 앞으로 이동했다.

바일은 자신의 주먹을 움켜쥐며 나직하게 말했다.

"자, 형님께서 지루해하신다. 후딱 끝내자."

퍼억-!

"꺼헉!"

바일의 주먹이 전광석화처럼 움직여 칼데이스의 복부에 정확하게 꽂혔고, 그 충격에 칼데이스의 허리가 직각으로 꺾였다.

고통스러워하는 칼데이스의 귀로 나긋나긋한 바일의 목소리가 들려왔다.

"뭐야? 겨우 한 방에 이러면 곤란하지. 이런 꼴을 보려고 봉인을 푼 것이 아닌데 말이야."

바일의 말에 칼데이스는 자존심이 상했다.

고통을 억지로 참으며 거리를 벌리고는 신체를 변형시키기 시작했다.

칼데이스의 피부가 검게 변하더니 이제 뱀의 비늘 같은 것들이 돋아나기 시작했다.

비늘은 칼데이스의 온몸을 뒤덮으며 검은 광채를 사방에 뿌렸다.

"크크크, 멍청하긴. 내가 이 모습이 될 때까지 가만히 기다리다니. 너의 그 오만함이 얼마나 큰 잘못을 했는지 깨닫게 해 주마."

파앗-.

칼데이스가 변한 몸으로 바일을 향해 돌진했다.

"크하하하! 절대 방어를 해 주는 마신갑(魔神甲)이다! 이제 너의 모든 공격은 나에게 통하지 않는다!"

바일은 무서운 기세로 달려드는 칼데이스를 보며 심드렁한 표정으로 다시 주먹을 들어 올렸다.

"절대 방어라고? 그럼 나도 그걸 써 봐야지. 형님에게 배운 기술, 엄청 아프게 때리기."

바일의 주먹이 칼데이스의 마신갑에 적중했고 엄청난 소리가 터져 나왔다.

쩌정-!

"커헉!"

바일의 주먹에 맞는 순간, 칼데이스의 얼굴이 고통과 충격, 그리고 당황으로 뒤섞였다.

그리고 이어지는 공격에, 그는 정신을 차릴 수 없었다.

퍼퍼퍽- 퍽퍽-.

"으아아아악!"

칼데이스는 자신이 끌어올릴 수 있는 모든 힘을 총동원해 바일의 구타에서 벗어났다.

그러나 입과 코에서 피가 줄줄 흘러내림에도 닦을 생각도 못 하고 바일을 바라만 보았다.

마신갑은 너덜너덜해진 상태였고, 맞은 부위들이 부어올라 완전히 다른 얼굴이 되어 있었다.

생전 처음이었다, 이렇게 마구잡이로 맞아 본 것은.

고급 기술도 아니었다.

그냥 아무렇게나 휘두르는 주먹에 맞아서 이리 된 것이다.

그것이 칼데이스의 자존심을 더더욱 상하게 했다.

차라리 화려한 기술에 당해 이렇게 피를 흘리는 것이라면 덜 억울했을 것이다.

칼데이스가 이를 악물고 자신이 가진 모든 마력을 끌어올렸다.

다른 건 모르겠고 바일은 반드시 죽이겠다는 의지와 함께 말이다.

칼데이스는 재빨리 자신의 양손을 교차하고는 바일을 향해 조준했다.

그리고 자신이 가진 모든 마력을 모두 모아 최후의 일격을 준비했다.

오직 단 한 번만 쓸 수 있는 기술을.

"앤드 파이널!"

고오오오오-.

엄청난 기의 회오리가 칼데이스의 손으로 몰리자, 그는 바일을 향해 그것을 거침없이 쐈다.

쯔아아앙-!

칼데이스의 손에서 검은빛의 광선이 바일을 향해 순식간에 쏘아졌고, 바일은 화들짝 놀라며 재빨리 그것을 피했다.

바일조차 막을 수 없다고 판단했을 정도로 앤드 파이널의 위력은 강력했다.

문제는 바일이 피하면서 그 광선이 영웅이 있는 곳으로 날아갔다는 점이다.

"크하하하! 네놈이 피하면 네 뒤에 네놈 일행을 향하도록 조준한 것이다! 모두 죽어라!"

칼데이스가 노린 것은 바로 그것이었다.

바일의 뒤에 다른 차원의 대마왕을 소환한 건방진 인간들이 있었다. 보통 소환에 응하고 계약을 하면 계약자를 지켜주는 것이 마계의 불문율이었다.

당연히 바일도 자신의 계약자로 보이는 인간을 지키기 위해 자신의 공격을 방어할 것이라 생각했다.

저렇게 아무런 망설임 없이 피할 줄은 몰랐지만.

그래도 저놈이 피함으로써 계약자를 날려 버릴 수 있게 되었다.

계약자가 죽으면 계약이 파기되고 자연스럽게 소환을 당한 마족 역시 원래 자신이 있던 곳으로 돌아가게 된다.

칼데이스는 그것을 노렸다.

막아도 좋고, 막지 않고 피해도 상관없는 회심의 공격.

하지만 칼데이스가 착각한 것이 하나 있었다.

바일을 소환한 자는 약해서 그를 소환한 것이 아니었다.

자신이 귀찮으니 대신 상대할 자를 데려온 것일 뿐이었다.

그리고 자신은 찾아야 할 것이 있기에 직접 나서지 않았을 뿐이었다.

또한, 서로 다른 차원의 대마왕들끼리 싸움을 붙이면 누가 이길까 하는 순수한 호기심도 있었다.

파캉-!

칼데이스가 날린 앤드 파이널은 영웅에게 가지도 못했다.

풍백이 영웅을 향해 날아가는 앤드 파이널을 반으로 갈라 버렸기 때문이었다.

쿠콰콰콰쾅-.

양쪽으로 갈라져 날아간 앤드 파이널의 거대한 폭발을 배

경으로 풍백이 노한 얼굴로 칼데이스를 향해 외쳤다.

"이런 건방진 놈이! 이분이 누구신지 알고 이런 무례를 저지르는 것이냐!"

분노한 풍백의 호통에 칼데이스는 움찔했다.

한낱 인간인데 왜 이렇게 두려움이라는 감정이 자꾸 샘솟는지 알 수가 없었다.

칼데이스는 몰랐다.

바로 눈앞에서 분노하고 있는 풍백이 자신들을 창조해 낸 종족이라는 사실을.

그 때문에 자신도 모르게 두려움을 느끼고 있다는 것을 말이다.

그런 사실을 알 리가 없는 대마왕은 풍백에게 알 수 없는 두려움을 느끼며 주변을 둘러보았다.

뒤에는 자신보다 강한 다른 차원의 대마왕이, 앞에는 자신의 모든 힘을 불어 넣은 공격을 아무렇지도 않게 막아 낸 괴물이 있었다.

이제 믿을 것은 자신이 보낸 신호를 받고 마신계에서 올 '그분'들 뿐이었다.

칼데이스는 풍백과 바일을 연달아 바라보며 속으로 간절히 기도했다.

'제, 제발 저를 도와주십시오! 마신이시여!'

마왕의 간절한 바람이 닿았을까?

"으아악! 저, 저게 뭐야!"

누군가가 외쳤다.

위에서 동그란 타원형의 거대한 기체가 하늘을 가득 채운 먹구름을 헤치며 서서히 하강하고 있었다.

그것을 본 풍백이 나직하게 말했다.

"저 형태는……. 무라트족의 우주선이군요."

풍백의 말에 영웅이 고개를 갸웃거렸다.

"무라트족이 여긴 왜?"

"아까 저놈이 쏘아 보낸 신호가 무라트족에게 태왕부절의 위치를 알려 주기 위한 것이었나 봅니다."

"그럼 저들이 말하는 마신족의 존재가 혹시 무라트족인 가?"

"아마도 그럴 겁니다. 대마왕 따위는 무라트족의 일개 병 사만 나서도 가지고 놀 테니까요. 그런 강함을 가지고 있으 니 그리 생각하지 않겠습니까?"

풍백의 예상에 화답이라도 하듯, 대마왕을 비롯한 모든 마 족이 거대한 우주선을 향해 엎드리며 경배를 올리고 있었다.

그 모습을 본 영웅이 피식 웃으며 말했다.

"네 말이 맞는 거 같네."

재미난 구경거리를 보듯 우주선을 바라보던 영웅에게 풍 백이 조심스럽게 다가가 말했다.

"폐하, 저들이 땅에 당도하기 전에 일단 신기들의 기운부터 취하시지요."

풍백의 말에 영웅이 고개를 끄덕였고 이내 천뢰신검과 환인의 인장, 태왕부절을 한곳에 모았다.

풍백과 운사는 재빨리 주변에 이중 삼중으로 결계를 치고 온 신경을 집중해서 사방을 경계했다.

이런 중요한 순간에 자신들의 왕이 방해를 받아서는 안 되었기 때문이었다.

그것으로 부족했다고 느꼈는지 주변에 환영진을 설치해서 바깥에서 안의 상황이 보이지 않도록 만들었다.

풍백과 운사가 주변 경계를 하는 동안, 영웅의 몸에서 영롱한 오색빛의 기운들이 일렁거리더니 그의 몸 전체를 덮어가기 시작했다.

그리고 서서히 영웅의 몸속으로 흡수되었다.

이제 시작하겠지라고 생각하고 눈을 감고 한참을 기다린 영웅. 그러나 더는 반응이 일어나지 않았다.

영웅이 실망한 표정으로 자신의 몸을 이리저리 살펴보며 말했다.

"뭐야? 이게 끝이야?"

영웅의 말에 풍백과 운사 역시 당황한 표정을 지었다.

그들이 알고 있는 각성과는 많이 달랐기 때문이었다.

"아, 아니. 아닙니다! 이, 이럴 리가 없는데?"

"뭐 딱히 달라진 건 없는 것 같은데. 뭐야, 사람 엄청나게 기대하게 해 놓고. 나한테 사기를 치다니······."

영웅이 잔뜩 실망해서 시무룩한 표정으로 말하자, 풍백이 억울하다는 듯이 말했다.

"아닙니다! 천부인을 모두 모아서 진정한 왕으로 각성하면 온 우주가 알 수 있을 정도로 화려하고 강력한 기운이 사방으로 퍼져 나갑니다!"

"그런데 나는 왜?"

"그, 그러니까요······."

"뭐 됐어. 어차피 이거 없어도 강하잖아."

"그, 그건 사실이지만 그래도 소신이 알고 있던 것과 너무도 달라서 말입니다."

"전에는 화려했다 이거지?"

"그렇습니다."

"흠, 이놈들이 주인을 가리나? 나는 왜 그런 이벤트를 안 해 주지? 이 중의 하나는 진짜가 아닌가?"

영웅은 자신의 손에 들린 천뢰신검과 환인의 인장, 태왕부절을 째려보며 중얼거렸다.

그런 영웅의 말을 알아들었는지 천부인 전부가 웅웅거리며 공명을 일으키기 시작했다.

"오호라, 억울하다는 것이냐?"

갑자기 천부인을 보며 중얼거리는 영웅을 보며 풍백이 깜짝 놀라며 물었다.

"모, 목소리가 들리십니까?"

"응, 억울하다고 그러네? 어? 그러고 보니 왜 목소리가 들리냐? 신기하네."

웅웅웅―!

영웅의 말에 천부인이 다시 공명하기 시작했고, 영웅은 고개를 끄덕였다.

"화려한 현상은 너희가 선택한 자를 강하게 만들기 위해 진행하는 일종의 의식을 행할 때 일어나는 것이라고? 그런데 나는 왜 아무렇지 않아?"

웅웅웅―!

영웅은 다시 공명하는 천부인을 보며 피식 웃고는 이게 무슨 상황인가 싶어 멍하니 쳐다보는 풍백과 운사에게 말했다.

"아, 너희가 알고 있던 그 화려한 이펙트는 자신들의 능력을 주입할 때 나오는 현상인데 당사자가 힘을 제대로 흡수하지 못하여 기운이 사방으로 넘쳐흐르면서 일어나는 현상이래. 그런데 나는 자신들이 넘겨주는 기운을 조금도 흘리지 않고 전부 흡수해서 그런 현상이 일어나지 않은 것이라는군."

이들이 알고 있던 각성 현상은 그 힘을 받아들이는 주체가 엄청난 힘을 전부 받아들이지 못하면서 벌어지는 현상이었다.

그러니까 그 화려한 현상은 흡수되지 않은 기운이 날아가면서 벌어졌던 것.

웅웅웅-!

다시 울리는 공명음에, 영웅이 미소를 지으며 말했다.

"하하, 고맙군."

"이, 이번엔 뭐라고 합니까?"

"자신들의 힘이 굳이 필요하지 않을 정도로 강력한 주인님이라고 그러네. 자신들의 기운은 내가 본래 지니고 있던 힘에 완전히 잡아먹혔다는군. 도대체 이런 힘을 가졌으면서 오히려 자신들을 왜 찾았는지 의문이라는데?"

그것은 풍백과 운사 역시 동의하는 바였다.

영웅은 천뢰신검과 환인의 인장을 다시 집어넣고 태왕부절만 남겨 두며 중얼거렸다.

"자, 그럼 내가 해야 할 일은 다 했고. 이제 좀 놀아 볼까?"

영웅은 우주선이 있는 곳으로 눈을 돌렸다.

천천히 하강하던 우주선은 어느새 지면 가까이 내려와 있었다.

마족들은 여전히 엎드려 있고 인간을 포함한 지상의 모든 종족은 잔뜩 경계하며 우주선을 바라보고 있었다.

지면 가까이 내려온 우주선은 끝이 보이지 않을 정도로 거대했다.

아더와 바일은 이 신기하면서도 엄청난 우주선을 바라보며 영웅이 있는 곳으로 다가가 물었다.

"저건 뭘까요?"

"응, 우주 최강의 종족."

"네?"

"너희는 상대도 안 될 만큼 강한 놈들이니까 괜히 나서지 말고 여기 얌전히 있어."

영웅은 진지한 표정으로 아더와 바일에게 경고하고, 천천히 우주선이 있는 곳으로 걸어가기 시작했다.

그때 우주선에서 거대한 덩치들의 무라트족이 뛰어내려 지상에 모습을 드러냈다.

지상에 내려온 다섯 명의 무라트족은 다른 것에 신경을 쓰지 않고 곧바로 대마왕이 있는 곳으로 다가갔다.

"위대하신 분들을 뵈옵니다!"

대마왕이 세상 공손하게 인사를 올리고 있음에도 무라트족은 그런 것에 신경을 쓰지 않고 목적을 말했다.

"찾았다고?"

"그러하옵니다."

"어디냐?"

대마왕이 이들이 찾는 물건이 어디에 있는지 말해 주려 할 때였다.

"이거 찾냐?"

어디선가 들려오는 목소리에, 대마왕을 비롯해 무라트족이 소리가 들려오는 방향으로 고개를 돌렸다.

그곳에는 반짝이는 작은 목걸이를 이리저리 흔들고 있는

영웅이 보였다.

무라트족의 시선은 영웅이 아닌 그가 들고 있는 목걸이에
가 있었고, 한 놈은 그것을 유심히 보다가 외쳤다.

"맞다! 저 문양! 천부인 중 하나인 태왕부절!"

"크큭. 그래? 아가야, 그거 이리 내놓으렴. 그러면 죽이지
는 않으마."

무라트족의 나긋나긋한 말과 함께 손을 까닥거리자 영웅
이 피식 웃으며 말했다.

"죽이진 않고 병신으로 만든다는 소리는 아니겠지?"

영웅의 말에 무라트족은 즐거운 듯이 입가에 미소를 가득
지으며 말했다.

"크크큭. 말귀를 이렇게 잘 알아듣는 놈이 있었나? 신기하
네."

"데려다 키워라. 말귀를 잘 알아들어서 쓸모 많겠다."

"그럴까? 우리 따라갈래? 내가 잘해 줄게. 우쭈쭈."

그런 무라트족의 반응에 영웅이 피식 웃으며 답했다.

"그거 재밌겠네. 나중에 후회하기 없기."

"뭐? 크하하하하! 이놈 물건이네? 재밌잖아?"

"진짜로 데려다가 키우자. 간만에 맘에 드는 애완동물이
생겼네."

"자, 일단 그래도 저 말버릇은 좀 고쳐 놔야겠지?"

"왜? 반항적이고 좋은데. 크크큭."

영웅의 말 한마디 한마디에 정말로 재밌다는 듯이 웃는 그
들에게 영웅이 물었다.

"그건 그거고 나 궁금한 것이 있는데 물어봐도 되나?"

"크큭. 물어보거라. 너의 주인님이 되실 내가 아주 친절하
게 설명해 주마."

"저 뒤에 우주선은 무지 큰데 저기서 나온 건 왜 너희뿐이
야? 저 큰 우주선에 너희가 전부인가?"

"하하하, 그게 궁금한 것이었나? 역시 재밌는 놈이군. 이
상황에서 그걸 궁금해하다니. 특별히 알려 주지. 너희 같은
미개한 것들을 상대하는 데 저 우주선에 있는 모든 병력이
다 나올 필요가 있을까? 여기 있는 인원도 많아. 그냥 심심
하니까 놀러 나온 셈치고 나온 거지."

"새로운 애완동물이 호기심이 참 많은 것 같네."

"크크크크. 심심해서 따라왔는데 이런 재미난 장난감을
만나게 되다니 운이 좋았군."

무라트족의 설명에 영웅이 피식 웃으며 말했다.

"누가 장난감이 될지는 두고 보면 알겠지. 자, 시작할까?"

"뭐? 크하하하! 재밌다! 재밌어! 오냐! 어디 한번 놀아 보
자!"

파앗-!

영웅의 말에 유달리 크게 웃던 무라트족이 자신의 말이 끝
나기가 무섭게 영웅이 있는 곳으로 순간 이동을 한 후, 그를

향해 무지막지한 공격을 퍼붓기 시작했다.

파파파파팍-!

눈에 보이지도 않을 속도로 공격을 하며 영웅을 압박해 가는 무라트족.

그의 손과 발이 움직일 때마다 풍압으로 인해 먼지가 자욱하게 일어났다.

그런데 그렇게 엄청난 속도로 공격을 하는데도 타격음은 전혀 들리지 않았다.

영웅 역시 움직임도 없이 가만히 서 있기만 했다.

그것을 본 다른 무라트족이 웃으며 말했다.

"크크크! 애완동물이 다칠까 봐 겁나는 거냐? 그래도 몇 대 정도는 때려도 괜찮잖아."

"맞아. 눈에 보이지도 않아서 네가 공격을 하는 것도 모르는 눈친데. 멀뚱멀뚱 움직이지도 못하고 서 있잖아."

뒤에서 신나게 떠드는 무라트족들과 달리 공격을 하고 있는 무라트족은 심각했다.

'빌어먹을! 나는 지금 전력으로 공격하고 있다고!'

그랬다.

영웅은 지금 무라트족의 공격을 아주 작은 움직임만으로 모두 피하고 있었던 것. 그 속도가 공격 속도보다 더 **빨랐기**에 다른 이의 눈에는 그저 멍하니 서 있는 것처럼 보였다.

그것을 알 리 없는 무라트족들은 지금 공격하는 무라트족이 영웅과 장난을 치고 있다고 착각하고 있었다.

'왜 안 맞는 거야!'

미치고 환장할 노릇이었다.

그렇다고 밖으로 지금 자신이 당황하는 모습을 드러내긴 싫었기에, 속으로만 이렇게 끙끙거리며 어떻게 해야 하나 심각하게 생각 중이었다.

가볍게 생각하고 나섰는데 상대는 자신의 생각과 전혀 달랐다.

'대체 이 새끼, 정체가 뭐야!'

처음이었다.

이렇게 당황스러웠던 적은.

"더럽게 느리네. 진짜 속도가 무엇인지 보여 줄게."

"뭐?"

더더욱 속도를 올려 영웅을 공격하던 무라트족은 진짜 빠름이 뭔지 보여 준다는 영웅의 말에 반문했다.

그 순간.

한쪽 볼이 시큰했다.

그리고 그 시큰함이 몸 전체로 퍼져 나가는 기분이 들었다.

그것은 아주 찰나의 시간이었고, 몸이 허공으로 서서히 떠오르는 듯한 신비한 느낌까지 들었다.

무라트족이 느낀 이 시간은 단 1초였다.

시큰거린다고 느꼈던 곳들이 이내 움푹 파이기 시작했고,

몸 전체 수백 군데가 그렇게 변해 저 멀리 날아갔다.

투파파파팍-!

다른 이들이 봤을 때는 혼자서 공격하다가 갑자기 온몸이 구겨지면서 날아가는 것처럼 보였다.

콰당탕탕-.

동료가 허공에 헛손질을 하더니 갑자기 곤죽이 된 상태로 날아가 바닥을 구르며 기절하자, 다른 무라트족은 웃고 떠들던 것을 멈추고 어리둥절한 표정으로 그 모습을 바라보았다.

그리고 어찌 된 상황인지 이어지는 장면을 보고 바로 파악할 수 있었다.

어느새 자신들 앞에 나타난 영웅이 또 다른 무라트족을 공중 위로 띄우고 있었다.

휘리릭-! 퍼억-!

남은 무라트족은 멍한 표정으로 영웅이 공중에 떠오른 자신의 동료를 화려한 뒤돌려 차기로 날려 버리는 장면을 바라보고 있었다.

쿠아아-!

콰쾅-!

영웅의 발 차기를 맞고 한참을 날아간 동료는 땅속 깊이 처박혔고 입에 거품을 문 채 기절했다.

그 광경에 잠시 고요함이 지난 뒤, 남은 무라트족은 호들갑을 떨기 시작했다.

"저, 저게 지금 무슨 그림이야?"

"내가 지금 헛것을 보고 있나?"

"지금 그딴 소리 할 때야? 우리 애들이 당했잖아! 당장 저 새끼 죽여!"

남은 세 명의 무라트족은 자신들을 바라보며 웃고 있는 영웅을 에워싸고는 죽일 듯한 눈빛으로 영웅을 노려보았다.

"태왕부절을 소지하고 있을 때부터 평범한 놈은 아니라고 생각했는데. 빌어먹을 놈! 가만두지 않겠다!"

"창피하게 이딴 거에 종족 진화를 해야 하다니."

"닥치고 어서 변신해! 방심하면 안 된다!"

종족 진화를 하기 위해 몸을 움직이려는 그때였다.

빠빠박―!

"크흑!"

"커헉!"

"케헥!"

쿠당탕탕―!

갑자기 느껴지는 엄청난 고통과 함께, 자신들이 왜 땅바닥을 구르고 있는지 이해하지 못했다.

"모지리들인가? 그렇게 대놓고 '나 변신해요'라고 광고를 하면 누가 그걸 하게 놔두냐고."

영웅의 말에 무라트족이 이를 갈았다.

"이, 이놈이! 우, 우리를 능멸하다니!"

꾸드드득-.

이를 가는 동시에 신체가 변형되고 있었다.

변신을 마치고도 이들은 방심하지 않았다.

조금 전 영웅의 공격에 확실하게 깨달은 것이다.

절대로 자신들보다 약한 존재가 아니라는 사실을.

무라트족은 변신을 끝내자마자, 영웅을 향해 돌진했다.

무슨 수를 써서라도 반드시 죽이겠다는 일념으로 살기를 풀풀 내뿜으며.

"죽어!"

쩌억-!

무라트족은 자신이 날린 분노의 주먹에 확실한 느낌이 오자 회심의 미소를 지었다.

그리고 연달아 공격하려는 순간, 자신의 주먹 끝에 걸린 얼굴을 보고 깜짝 놀랐다.

"뭐, 뭐야! 네, 네가 왜 거기 있어!"

무라트족이 날린 주먹에 맞은 자는 영웅이 아니라 또 다른 동료 무라트족이었다.

자세히 보니 영웅이 동료를 붙잡고 씩- 웃으며 자신을 바라보고 있는 것이 아닌가.

이제 보니 동료를 잡아 방패로 삼았던 것이다.

"미안, 이놈이 가장 튼튼해 보이더라고. 역시 내 예상대로 튼튼하네."

미친놈이었다.

거기다가 강했다.

종족 진화를 한 자신들을 너무도 쉽게 가지고 놀고 있었다.

남은 동료는 무사한지 고개를 돌리는 순간, 이미 저만치 날아가 처박힌 모습이 보였다.

그 찰나의 시간에 한 명은 날려 버리고 한 명은 붙잡아서 방패로 삼은 것이다.

남은 무라트족은 자신도 모르게 침을 꿀꺽 삼켰다.

'괴, 괴물이다.'

처음이었다.

자신의 동족이 아닌 다른 종족을 보며 이렇게 생각한 것은.

이제껏 자신들을 이렇게 일방적으로 몰아붙인 종족이 있었던가?

'우리의 힘으로는 무리다.'

도움을 요청해야겠다고 생각하고 몸을 돌려 우주선으로 되돌아가려는 순간 몸이 굳었다.

"뭐, 뭐야! 모, 몸이! 이익!"

움직이려고 아무리 애를 써도 움직이질 않았다.

당황하는 무라트족에게 다가온 영웅이 그의 귀에 대고 속삭였다.

"점혈이라는 수법이야. 혹시나 하고 해 봤는데 너네한테도 통하네."

그리 말하며 키득거리는 괴물.

무라트족의 눈에 점점 공포가 어리기 시작했다.

한편, 영웅의 공격에 기절했던 다른 무라트족은 정신을 차리고 자신들에게 도대체 무슨 일이 있었는지 상황을 파악하려 했다.

그리고 떠올렸다.

영웅에게 맞고 기절했음을.

이들은 재빨리 몸을 일으키려고 했다.

그런데 몸이 움직이질 않았다.

"모, 몸이!"

소리는 치지 말았어야 했다.

"어? 일어났어? 그럼 이리 와야지."

영웅의 손짓에 남은 무라트족의 몸이 허공에 둥실둥실 떠올랐다.

그리고 영웅이 있는 방향으로 천천히 움직이기 시작했다.

그에 끌려가지 않으려고 몸부림을 쳤지만, 아무리 힘을 써도 몸이 말을 듣질 않았다.

"으아악!"

"이, 이게 뭐야!"

"제, 젠장! 우, 움직이질 않잖아!"

영웅의 제약에서 벗어나려고 몸부림을 쳐 봤지만, 소용없었다.

그런 그들을 보며 영웅이 입가에 미소를 가득 담은 채 말했다.

"왔어? 이제 본격적으로 놀아야지, 내 장난감들아."

무라트족은 아까 영웅과의 대화를 떠올렸다.

누가 장난감이 될지는 두고 보자고 했던 말.

그 말이 왜 지금 떠올랐을까.

하나같이 떨리는 동공으로 영웅을 바라보며 자신들도 모르게 중얼거렸다.

"아, 안 돼!"

"오, 오지 마!"

"저리 가! 아, 아니야!"

발버둥 치는 무라트족을 보며 즐거운 미소로 다가오는 영웅의 모습은 마치 악마처럼 보였다.

"자, 우리 장난감들 내구성 테스트부터 해 볼까?"

"아, 안 돼⋯⋯."

두려운 눈으로 안 된다고 외치는 무라트족에게 영웅이 미소를 지으며 속삭였다.

"돼."

영웅의 미소를 본 무라트족은 이제야 깨달았다.

자신의 눈앞에 있는 인간은 농담이 아니라 자신들을 정말로 장난감으로 보고 있다는 사실을 말이다.

무라트족은 자신도 모르게 절망스러운 탄식을 내뱉었다.

영웅은 가장 앞에 있는 무라트족을 잡고 그의 팔을 아무렇지도 않게 역으로 꺾어 버렸다.

뿌각-!

"너희도 인간하고 소리는 똑같구나?"

"끄아아악!"

팔이 꺾임과 동시에 무라트족 입에서 비명이 튀어나왔다.

고통에 면역이 되어 있는 종족인 데다 뼈가 부러져도 웃으며 부러진 팔로 적을 갈기는 종족이 바로 무라트족이었다.

지금 영웅에게 당하는 무라트족 역시 이런 고통은 처음이었다.

물론 자신도 대련이나 전투를 하면서 여기저기 부러진 적이 많았다.

하지만 그때는 고통이 잘 느껴지지 않았었다.

그런데 지금은 아니었다.

'도, 도대체 왜?'

이해가 가질 않았다.

"뭐야? 표정이 전혀 이해가 안 된다는 표정인데? 왜? 생각보다 고통이 심해?"

귀신이었다.

"당연히 심해야지. 내 기술은 특별하니까."

뿌드득-!

"끄어어어억!"

우드득—!

"그, 그만! 끄으윽! 제, 제발 그만⋯⋯."

무라트족이 괴로워하든 말든 영웅은 무라트족의 몸 이곳 저곳을 어루만져 주기 바빴다.

그리고 이것을 생생하게 바로 눈앞에서 감상하고 있는 나머지 무라트족은 극심한 공포에 휩싸였다.

자신들이 당하는 생각은 해 본 적도 없었고 심지어 동료가 고통스럽게 당하는 장면을 본 적도 없었기에, 경험해 보지 않았던 것에 대한 공포가 이들을 뒤덮었다.

도망가고 싶지만, 몸이 움직이지 않았다. 유일한 희망은 우주선에서 지금 이 상황을 지켜보고 지원군을 보내 주는 것밖에 없었다.

그들의 바람이 우주선에 전해졌을까?

우주선의 문이 열리면서 수십에 달하는 무라트족이 연달아 날아오기 시작했다.

뒤이어 날아오는 무라트족의 눈에 자신의 동료가 고통스러워하며 당하는 장면이 들어왔다.

그들은 두려움에 아무것도 못 하고 얼어 있는 동료들을 보고는 고개를 갸웃거리며 그곳으로 날아갔다.

"뭐야? 장난하는 거야? 아무래도 이상해서 나오긴 했는데⋯⋯."

가까이 다가간 무라트족의 물음에 굳어 있던 나머지 무라트족이 울상이 된 얼굴로 외쳤다.

"사, 살려 줘!"

애절했다.

동료들의 애절한 목소리에 지원군들은 영웅을 향해 시선을 옮겼다.

"저놈이야? 너희를 이렇게 만든 놈이?"

"조, 조심해! 강해! 그것도 엄청! 우리가 종족 진화를 했음에도 어쩌지 못했어!"

"맞아! 어, 어서! 대, 대장님에게 이 사실을 전해! 어서!"

"대장님이 나오셔야 해! 그분만이 저자를 막을 수 있어!"

이들의 처절한 외침은 영웅에게도 들렸다.

자신의 손에 잡힌 채 거품을 물고 기절한 무라트족을 아무렇게나 던져 놓고는 손을 탁탁 털며 말했다.

"어? 새로운 장난감들인가?"

동료들을 도우러 나온 무라트족은 영웅의 이런 모습에 자신들도 모르게 소름이 돋는 것을 경험했다.

신체의 이런 반응이 이해가 가질 않았다.

자신들에게 이런 긴장감을 줄 수 있는 종족이 우주에 있었던가?

누가 시키지도 않았는데 다들 전투 자세를 갖추고 영웅을 노려보았다.

"긴장하기는. 그 대장인지 뭔지 불러라. 기다려 줄게. 아니면 우주선 안에 있는 놈들 전부 불러도 되고."

하지만 그들은 영웅의 말을 들을 생각이 없었다.

영웅을 경험한 적이 없으니까.

"뭐라는 거야! 죽어!"

파앗-.

동료들이 영웅에게 달려들자, 먼저 나왔던 무라트족이 절규하는 목소리로 외쳤다.

"아, 안 돼! 멈춰!"

하지만 늦었다.

쩌억-.

단 한 방.

우주 최강 종족이라는 무라트족을 제압하는 데 필요한 공격이었다.

영웅의 말에 분노하며 달려 나간 무라트족은 단 한 방에 기절해 버렸다.

"약골들만 모아 놓고 우주 최강의 종족이라니, 나 참."

영웅의 이죽거림에도 선뜻 나서는 무라트족이 없었다.

다들 이 황당한 광경이 믿기지 않는 듯 연신 기절한 동료와 영웅을 번갈아 보았다.

하지만 그들이 영웅을 향해 공격하는 일은 일어나지 않았다.

원래 있었던 무라트족처럼 몸이 굳어 버린 채 움직이질 못했으니까.

"뭐, 뭐야! 모, 몸이!"

"안 움직여! 이익! 익!"

"이, 이게 뭐야!"

처음 겪어 보는 현상에 당황한 무라트족. 그런 그들을 바라보던 영웅은 중얼거리며 우주선을 향해 고개를 돌렸다.

"조금씩 나오지 말고 한 번에 나오라고 해. 귀찮으니까."

그 말이 끝남과 동시에 영웅은 자신 앞에 있는 무라트족을 향해 손을 휘저었고 단체로 경기를 일으키며 고통스러운 신음을 내뱉었다.

"으그그극!"

"끄어어억!"

한편, 이 장면을 지켜보던 대마왕과 마족의 눈은 찢어지기 일보 직전까지 커진 상태였다.

특히 대마왕은 몸을 부들부들 떨면서 믿기지 않는 눈으로 이것을 바라보고 있었다.

"그, 그분들을 저, 저렇게 쉽게 제압한다고?"

대마왕은 이 믿기지 않는 광경에 다리가 풀렸는지 자신도 모르게 바닥에 주저앉았다.

그런 대마왕의 옆으로 강맹한 기운이 휘몰아치면서 지나갔고, 대마왕은 자신도 모르게 그것을 따라 고개를 돌렸다.

쿠콰콰콰쾅-!

강맹한 기운은 거대한 우주선에 적중하면서 폭발했고 그 폭발로 우주선의 절반이 날아갔다.

대마왕이 믿는 마신과 그 마신을 모시는 마신족이 타고 온 저 성스러운 기체가 한 인간에 의해 불타오르고 있었다.

우주선이 폭발하자 그 안에 있던 수천의 무라트족이 밖으로 튀어나왔다. 그들의 표정에는 분노가 가득 담겨 있었다.

무라트족은 우주선을 박살 낸 자를 찾기 위해 눈에 불을 켜고 주변을 두리번거렸다. 그리고 이내 자신들을 향해 손을 흔드는 영웅을 발견했다.

그리고 그 옆에 거품을 물고 기절해 있는 자신의 동료들도 발견했다.

무라트족은 믿기지 않는 표정으로 영웅을 바라보았다. 그런 그들 사이를 헤치며 앞으로 나서는 인물이 있었다.

그는 이 우주선의 총사령관이자 무라트족 서열 13위의 무력을 가진 무라트족 전사 안단테였다.

안단테는 인간의 옆에 거품을 물고 기절해 있는 자신의 부하들을 잠시 바라보다가 영웅에게 눈을 돌리며 물었다.

"저놈들을 재운 것이 그대인가?"

다짜고짜 공격부터 할 줄 알았는데, 예상 외로 예의 있게 묻자, 의외라는 표정으로 고개를 갸웃거리며 안단테를 바라보는 영웅이었다.

"의외네. 앞뒤 안 가리고 달려들 줄 알았는데."

"이런, 이런. 저놈들 때문에 우리에 대한 이미지가 그렇게 굳은 모양이군. 우리는 위대한 우주의 전사다. 강자에겐 그만한 대우를 해 주지."

"오호, 그 말은 나를 강자로 인정했다는 소린가?"

영웅의 말에 안단테가 고개를 끄덕였다.

"네 옆에 쓰러져 있는 놈들은 제법 하는 놈들이거든. 그런데 상황을 보니 너에게 단 한 수에 당한 모양이군. 그 말은 네가 강하다는 뜻이겠지."

"통찰력이 제법이군."

"인정하겠다는 뜻으로 받아들이지."

"좋아. 뭐, 내가 강한 것은 사실이니까. 그런데 언제까지 떠들 생각이지? 덤비려면 어서 덤벼. 너희 다 정리하고 너네 족장까지 정리하게."

"족장? 우리에 대해 아는 모양이군."

"잘 알지. 무라트족."

"오호, 그냥 찔러본 것이었는데 정말 아는군. 어찌 아는 거지?"

안단테의 질문에 영웅이 손에 든 태왕부절을 흔들며 말했다.

"이것의 주인이자 너희가 그토록 찾아 헤매던 사람이 바로 나니까."

영웅의 말에 안단테는 영웅의 손을 자세히 보았고 이내 경악한 표정으로 바뀌었다.

"태, 태왕부절? 그것의 주인이라고? 서, 설마 호, 홍익인간족의 태왕?"

"정답. 이제 너희 족장을 왜 정리하려는지 알겠지?"

영웅의 말에 안단테가 잠시 당황한 표정을 짓더니 이내 표정을 풀고 피식 웃었다.

"응? 웃어?"

"크큭! 멍청한 홍익인간놈들. 우리가 아직도 네놈들의 그 태왕을 두려워할 줄 알았더냐?"

안단테의 대답에 영웅이 고개를 갸웃거렸다.

분명 자신은 무라트족을 이길 수 있는 존재는 홍익인간의 태왕뿐이고, 그래서 저들은 홍익인간족의 태왕을 두려워한다고 들었다.

그래서 저들이 기를 쓰고 천부인을 찾아 헤맨다는 사실도.

그런데 지금 안단테는 두려워하는 모습이 아니었다.

오히려 정말로 우습다는 말투로 비웃으며 말하고 있었다.

"내가 잘못 알고 있었나? 분명 듣기로는 너희는 홍익인간의 태왕을 두려워한다고 들었는데."

"과거엔 그랬지. 하지만 지금은 아니다. 크큭, 홍익인간의 왕 따위는 이제 우리에게 걸림돌이 되지 않는다."

"그래? 뭔가 일이 있었나 보지?"

"크크크. 이제 우리도 왕이 계신다. 태왕보다 더 강력한 왕이 말이다."

"족장이 왕이 된 것인가?"

"아니, 족장은 족장일 뿐, 폐하께 감히 비교될 수는 없지. 그분의 강함은 논외다. 우리가 천부인을 찾는 것은 그분께서 그것을 원하기 때문이다."

"왜?"

"이유는 없다. 그분이 원하시면 우리는 그것을 들어드릴 뿐이니까."

"흠, 뭐야. 김이 팍 세네. 홍익인간족의 태왕이 나라고 말하면 다들 벌벌 떨면서 두려워할 줄 알았더니."

"크하하하하! 이것 참, 너의 기대를 무너뜨려서 미안하게 되었군."

"가만, 그럼 왜 지구를 감시하고 있는 거지? 심지어 그곳에 있는 무라트족은 그 내용을 전혀 모르고 있는 눈치던데?"

영웅의 말에 안단테가 고개를 갸웃거리며 잠시 생각하더니 이내 기억이 났다는 듯이 손뼉을 쳤다.

"아! 실험체로 쓰고 있는 지구를 감시하는 애들 말이군. 그놈들은 모를 만하지. 괜히 이런 소식을 전하면 일을 게을리할 수도 있으니까. 홍익인간들의 왕이 나타나면 우리가 위험해진다고 믿고 있어야 열정을 가지고 일할 게 아닌가? 웜홀을 연결하는 곳을 찾는 것도 중요하지만, 이후 노예들을 강하게 만들기 위한 방법도 연구해야 하니까."

안단테의 말에 영웅은 고개를 끄덕였다.

"그런데 너희가 믿는 그 왕은 멀리 있고 나는 여기에 있는데, 좀 두려워하는 표정이라도 지어 주면 안 될까?"

"나는 네가 두렵지 않다. 홍익인간족의 왕이니 나와 이놈들이 당해 낼 수 없겠지. 하지만 내가 네놈에게 당해 먼지가되면 그분께서 나의 복수를 해 주실 테니까."

안단테의 말에 영웅이 잠시 고민하는 표정을 짓더니 이내 4차원의 공간을 열어 천뢰신검과 환인의 인장을 꺼냈다.

그리고 태왕부절과 함께 바닥에 그것을 내려놓았다.

"자, 천부인. 너희 왕이 애타게 찾는 그것이다."

영웅의 행동에 안단테가 고개를 갸웃거리며 물었다.

"무슨 행동이지?"

"말 그대로야. 너희 왕이 이것을 원한다며. 그럼 불러와. 여기에 있다고. 아니면 이걸 차지하기 위해 덤벼 보든가."

영웅의 말에 안단테가 황당한 표정으로 잠시 천부인을 바라보았다.

"대담하군. 그것이 없으면 너는 홍익인간족의 왕이 되지못한다. 그래도 괜찮은가?"

"뭘 벌써부터 얻은 것처럼 말하고 있어. 내가 너희의 왕을 끌어내려는 미끼라는 생각은 안 드냐?"

"크크크크. 그 자신감이 언제까지 지속될지 보겠다. 일단,

이 상황은 내가 결정할 문제가 아니군. 상부에 보고한 후 이야기해 주지."

"좋아. 그 전에 장소를 다른 곳으로 옮기면 안 될까? 너희 왕과 한판 붙으려면 여기는 좀 그런데."

영웅의 말에 안단테가 피식 웃으며 말했다.

"아무도 없는 행성이 있다. 그곳으로 안내하지."

"부탁하는 김에 하나 더 해도 될까?"

"말하라. 천부인을 내주었는데 그 정도쯤이야."

마치 천부인이 곧 자신들의 것이 되리라는 듯 말하는 안단테였다.

영웅은 그런 안단테의 자신감을 보고는 속으로 피식 웃고는 말했다.

"저놈들한테 마계로 돌아가 조용히 살라고 좀 전해 줄래?"

영웅이 가리키는 곳에는 대마왕을 비롯해 마족들이 화들짝 놀란 얼굴로 안단테를 바라보고 있었다.

그 모습에 안단테가 피식 웃으며 말했다.

"들었지? 마계로 돌아가라. 그리고 거기서 나오지 말아라."

"그, 그런! 어떻게 정복한 중간계인데. 마신이시여! 어찌하여 저희를 버리시나이까!"

안단테의 말에, 대마왕이 억울한 표정으로 자신의 의견을 이야기했다.

그 순간 갑자기 대마왕은 고통스러운 표정으로 바닥에서

몸부림치기 시작했다.

"끄아아아아!"

갑자기 고통스러워하는 대마왕을 보며 마족들은 황급히 안단테를 향해 엎드리기 시작했다.

지금 대마왕에게 고통을 주는 자가 누구인지 너무도 잘 알고 있었기 때문이다.

그들의 예상대로, 안단테가 대마왕을 보며 영웅에게 하던 말투와 달리 차갑고 냉소적으로 말했다.

"버러지만도 못한 것이 감히 내 명령을 거역하는 것이냐?"

"끄으윽! 요, 용서를……. 도, 돌아가겠습니다!"

털썩-!

"쿨럭! 헉헉헉!"

이내 고통이 사라지자, 온몸이 식은땀으로 범벅이 된 대마왕이 연신 거친 숨을 내쉬며 안단테가 있는 방향으로 고개를 조아리며 엎드렸다.

그 모습에 또 다른 대마왕인 바일이 인상을 찡그리며 속으로 생각했다.

'쯧쯧, 불쌍하네. 이래서 윗사람을 잘 만나야 하는 법이라니까. 암, 그런 점에서 형님은 최고시지.'

바일은 자신이 모시는 영웅을 바라보며 뿌듯한 미소를 지었다.

한편, 풍백과 운사는 안단테가 하는 말에 큰 충격을 받고 있었다.

홍익인간족의 왕은 대대로 무라트족을 공포에 떨게 만드는 유일한 사람이었다. 그런데 지금 무라트족의 행동을 보니, 그들이 더는 자신들의 태왕을 두려워하지 않는다는 것을 깨달았다.

물론 영웅이 저들의 왕이라는 자에게 질 리는 없겠지만, 아직 모든 것이 베일에 가려진 자였다.

그랬기에 더더욱 불안했다.

그 와중에 영웅이 천부인을 꺼내며 도발하자, 이들은 화들짝 놀라며 말리려 했다.

하지만 이내 자세를 바로잡고 자리에 꼿꼿하게 섰다.

무라트족도 자신들의 왕을 위해 저리 움직이는데, 자신들이 태왕의 행동에 반대 의견을 낸다면 저들이 어찌 생각하겠는가.

'그래, 우리의 태왕이시다. 우리가 믿지 않는다면 누가 믿는단 말인가. 믿자! 우리의 태왕을 믿자!'

둘의 눈빛은 이내 굳건한 믿음이 담긴 모습으로 바뀌었다.

이를 발견한 안단테가 웃으며 말했다.

"어디서 많이 본 얼굴이다 했더니, 홍익인간족의 재상들이셨군. 재상들이 저리 공손히 서 있는 것을 보니 정말로 그대가 저들의 왕이 맞나 보군."

안단테의 말에 영웅이 피식 웃으며 말했다.

"당연하지. 내가 이들의 왕이다. 그러니 너희 왕에게 전해라. 오랫동안 해묵은 감정을 왕끼리 붙어서 끝내자고. 이긴 놈이 하자는 대로 하기."

"크큭, 재미난 제안이오. 알겠소. 일단 당신이 원하는 대로 장소를 옮기지."

영웅을 홍익인간족의 왕으로 인정했는지 안단테의 말투가 달라져 있었다.

"좋다. 우선 여기부터 정리하고 가지."

"마음대로. 나는 폐하가 계신 성에 그대의 의견을 전송하고 오겠소."

그렇게 말하고는 반쯤 파괴된 우주선으로 향하는 안단테였다. 영웅은 아더를 바라보며 말했다.

"나 다녀올 테니 그동안 여기 정리는 알아서 하고 있어."

영웅의 말에 아더가 고개를 끄덕였다.

"주인, 부디 몸조심하십시오."

아더의 말에 영웅이 피식 웃으며 말했다.

"알았다."

행성 자이온.
사막으로 이루어진 행성이었다.

그곳에 풍백과 운사가 무라트족과 서로를 죽일 듯한 기세로 마주 보며 서 있었다.

오랫동안 원수 관계를 유지해 와서인지 이들 간의 감정은 최악의 수준이었다.

만약 안단테와 영웅이 없었다면 무라트족은 풍백과 운사를 향해 돌진했을 것이고, 한바탕 싸움이 일어났을 것이다.

하지만 두 진영은 서로를 노려만 볼 뿐, 움직이지는 않았다.

여기서 먼저 움직이면 자신들 왕의 명예에 먹칠한다는 사실을 잘 알고 있었기 때문이었다.

"여기요. 우리의 왕께서도 이곳으로 곧 오신다고 했으니 기다리면 되오."

무라트족의 총사령관 안단테의 말에 영웅이 고개를 끄덕였다.

전혀 긴장하지 않는 그의 모습에 안단테가 피식 웃으며 말했다.

"조금의 긴장감도 느껴지지 않는군요. 어찌 보면 이곳은 적진이나 다름없는데 말이오."

"적진?"

"그렇소. 내가 말을 안 한 것이 있는데 이 행성은 우리 무라트족이 살고 있는 행성의 위성 중 하나요."

안단테의 말에 풍백과 운사의 표정이 굳었다.

저들의 함정에 빠진 것을 이제야 깨달은 것이다.

"폐, 폐하! 하, 함정입니다!"

"어, 어서 피하십시오! 저희가 저들을 막겠습니다!"

풍백과 운사는 재빨리 영웅에게 피하라고 말했지만, 영웅은 그런 그들을 보며 고개를 저었다.

"피하긴 어딜 간다고. 그리고 함정인 거 알고 온 거야. 그러니 호들갑 좀 떨지 마."

"네?"

"오히려 저놈들이 사는 행성으로 초대하길 바랐는데……. 뭐 그 행성의 위성이라니까 이놈들이 헛짓거리하면 모조리 제압하고 그 행성을 찾아 박살 내면 되는 거야. 걱정하지 마."

"하, 하오나……."

당황하는 풍백과 운사와 달리 태연한 모습으로 바닥에 주저앉는 영웅을 보며, 안단테가 크게 웃으며 그를 인정하는 말을 했다.

"하하하! 정말 대단하군요. 적이지만 나는 그대를 오늘부터 존경하겠소."

"고맙군. 그나저나 손님을 초대해 놓고 아무것도 없는 거야? 무라트족이 먹는 요리라도 대접해 줘야지."

"뭐요? 하하하하! 그렇군요. 내가 큰 실수를 했소. 미안하지만 그대가 우주선을 박살 내 버리는 바람에 가져온 것이 없다오."

"뭐, 그럼 내가 이해를 해야지. 내가 가져온 거라도 먹자. 오늘 온종일 아무것도 안 먹어서 배고프다."

영웅의 말에 안단테가 고개를 끄덕였다.

"얼마든지. 최후의 만찬이니 양껏 드시오."

"승리를 미리 자축하는 만찬인데?"

"후후, 마음대로 생각하시오."

안단테가 뭐라 하든 말든 영웅은 태연하게 4차원 공간 속에서 음식 재료와 조리 도구들을 꺼내기 시작했다.

그런 영웅을 보며 풍백과 운사는 잠시 당황한 표정을 짓다가 이내 굳건한 표정으로 일사불란하게 영웅이 음식 준비를 하는 것을 돕기 시작했다.

"어? 이제 좀 마음이 진정되었나?"

"그렇습니다. 소신들이 폐하를 믿지 못하다니……. 이 불충은 나중에 벌을 받겠사옵니다."

"풍백의 말이 맞사옵니다. 소신 또한 폐하께 나중에 죄를 청하겠사옵니다."

진지한 모습으로 자신의 죄를 청하겠다는 둘을 보며 영웅은 피식 웃었다.

"내가 해 준 음식을 맛있게 먹어라. 그게 내가 너희에게 주는 벌이다."

"폐하, 그것이 어찌 벌이옵니까? 그것은 최고의 포상 아니옵니까?"

"맞습니다! 소신들이 감히 폐하의 손길이 닿은 음식을 하사받는데 어찌 그것이 벌이 되옵니까!"

"그러니 벌이지. 내가 만든 음식을 너희가 편하게 먹겠어? 아주 남김없이 다 먹어야 한다. 알았지?"

"폐, 폐하."

둘은 알았다.

영웅이 자신들에게 벌을 줄 생각이 조금도 없다는 사실을 말이다.

'폐하……. 소신은 폐하를 위해 이 한 몸 아낌없이 바칠 것이옵니다.'

'폐하를 위해 죽을 수 있다면 그것은 큰 영광이 될 것이다.'

음식을 맛있게 먹으랬더니 비장한 표정을 짓는 둘이었다.

"뭐야. 내가 해 준 음식을 먹는데 그렇게 비장한 표정까지 지어야 할 정도야?"

영웅의 말에 풍백과 운사가 화들짝 놀라며 세차게 손사래를 쳤다.

"아, 아니옵니다! 너, 너무나 황공무지하여 그만……."

"크큭, 됐어. 농담이다."

치이이이이익―!

영웅은 풍백과 운사를 놀리며 삼겹살을 불판 위에 올려놓기 시작했다.

청각을 자극하는 소리와 후각을 자극하는 맛있는 냄새가

스멀스멀 올라오기 시작했다.

지글지글지글-!

고기가 맛있게 익어 갈수록 그 소리와 냄새 또한 더욱더 자극적으로 변했고, 사방으로 퍼져 나갔다.

그곳에 있는 무라트족 전체가 자신들도 모르게 군침을 연신 삼키며 고기를 굽는 영웅만을 바라보고 있었다.

자신들 총사령관의 명만 아니었다면 당장 뛰쳐나가 저들을 제압하고 저 고기를 빼앗아 먹었을 것이다.

다들 이해할 수 없었다.

홍익인간의 왕이라고는 하나 자신들이 느끼기에는 그다지 강한 느낌이 나질 않았다.

자신들의 왕처럼 온몸이 찌릿찌릿한 기운을 발산하는 것도 아니었고, 초인력도 그다지 강해 보이지 않았다.

그런데도 총사령관은 저 인간을 함부로 하지 않았다.

아니, 오히려 자신은 이길 수 없다고 고개를 숙이고 들어간 것이다.

그런 수하들의 마음을 읽었는지 총사령관이 자신도 모르게 입에 가득 찬 침을 꿀꺽 삼키고 말했다.

"내가 저자에게 굽히고 들어가는 것 같아 기분들이 상한 모양이군."

"그렇습니다. 저희는 저자가 강한 것을 느끼지 못하겠습니다. 정말로 저자가 우리의 왕과 대적한단 말입니까?"

"나도 그게 의문이다. 정말로 우리의 왕과 대적할 수 있을지."

"네? 그런데 어찌?"

"하지만 온몸에서 경고하더구나. 절대로 저자에게 덤비지 말라고 말이다. 기운에서는 강한 것을 느끼지 못하겠으나, 나의 모든 감각이 경고하고 있다. 이 기분을 나는 딱 한 번 느꼈었지. 바로 우리의 황제 폐하께 말이다."

총사령관의 말에 그의 부관들이 침을 꿀꺽 삼켰다.

자신들의 총사령관은 강했다.

그리고 누구보다 강자를 알아내는 감각이 뛰어났다.

예지력 같은 것이라고 해야 하나?

귀신같이 자신에게 불리한 것을 느끼고 그것을 피해 갔다. 덕분에 수많은 위기를 넘길 수 있었고, 수하들은 그런 그의 감각을 믿고 따랐다.

우주 최강의 종족이라고 하나 그 강함이 만능은 아니었다.

우주에는 자신들과 비슷한 무력을 지닌 종족도 존재했고, 특이한 능력으로 자신들을 힘겹게 만든 종족도 있었다.

그럴 때마다 총사령관의 저 감각은 귀신같이 해법을 찾아 냈고 이들을 위기에서 구해 주었다.

지금 그 감각이 영웅을 절대로 건들지 말라고 경고하고 있었다.

"그래도 우리의 폐하께는 상대가 안 되겠지요?"

"훗, 뭐 그것까진 모르겠구나. 하지만, 알지 않느냐? 우리의 왕께서 과거에 무엇이었는지 말이다."

총사령관의 말에 다들 그제야 긴장이 풀린 표정을 지으며 웃었다.

"그나저나 저희는 정말로 먹을 것이 없습니까? 다른 것도 아니고 저 냄새는 정말 고통입니다."

"맞습니다. 저희도 식사를 막 하려던 참에 우주선이 파괴되어 밥을 못 먹었습니다."

예상외의 복병이었다.

무라트족의 황제가 잠시 자리를 비웠다며, 최대한 시간을 끌라는 연락을 받았기에 어쩔 수 없이 식사를 내버려 둔 것인데, 이렇게 고통스러울 줄은 몰랐다.

"하아, 도대체 저게 무슨 음식이냐? 아주 돌아 버리겠군."

총사령관마저 삼겹살 냄새에 고개를 절레절레 흔들며 괴로워했다.

그런 무라트족의 모습을 본 영웅이 피식 웃으며 총사령관을 향해 손짓했다.

총사령관은 영웅이 자신을 부르는 것을 보고는 그에게 다가갔다.

혹시 나눠 줄까 싶어 살짝 기대하면서 말이다.

그리고 그의 기대는 곧 환희로 바뀌었다.

영웅이 4차원의 공간에서 어마어마한 양의 삼겹살을 꺼내더니 총사령관에게 건네주었다.

"우리만 먹으려니 미안해서 말이지. 많진 않지만, 이거라
도 먹어라."

영웅이 건네는 삼겹살을 본 총사령관은 속으로 만세를 외
쳤다.

하지만 넙죽 받는 것은 종족의 체면도 있고 자존심이 허락
하지 않았다.

"흠흠, 겨우 그런 것 때문에 나를 오라 가라 하는 것이오?"

"싫어? 음식을 권하는 것이 무례가 될 것이라고는 생각 안
해 봤는데, 미안."

영웅이 사과하고 삼겹살을 다시 집어넣으려 하자, 총사령
관이 다급하게 말했다.

"험험! 궈, 권하는 것을 어, 어찌 매몰차게 거절하겠소.
서, 성의를 봐서 마, 맛이라도 봐 주겠소!"

"음식을 권하는 거 무례가 아니었어?"

"험험, 아니요. 남이 권한 음식은 최대한 맛있게 먹어 주
는 것이 우리 무라트족의 전통이오."

총사령관의 말에 영웅이 풍백과 운사를 바라보며 물었다.

"사실이야?"

"그, 금시초문입니다만."

"험험! 저들이 우리 종족에 대해 자세히 모르는군. 아무나
붙잡고 물어보시오. 다들 똑같이 대답할 것이오."

총사령관의 말에 영웅이 고개를 돌려 무라트족이 있는 곳을 바라보자 다들 간절한 눈빛으로 고개를 끄덕이고 있었다.

"하하, 그런 거 같네. 자, 맛있게 먹어 주면 나도 고맙지."

"흠흠, 고맙소."

총사령관은 민망한지 연신 헛기침을 하면서 영웅이 준 삼겹살 덩어리를 가뿐히 들고는 무라트족이 있는 방향으로 돌아갔다.

그런 총사령관에게 영웅이 말했다.

"이렇게 구워 먹으면 진짜 맛있어! 그러니까 돌을 구하든 뭘 하든 이렇게 해서 먹어 봐! 아! 그리고 소스!"

후웅—!

영웅은 엄청난 크기의 쌈장 통을 통째로 총사령관에게 던졌다.

총사령관은 눈앞에서 둥둥 떠 있는 이것이 뭐냐고 묻는 표정으로 영웅을 바라보았다.

"거기에 찍어 먹어 봐."

"고맙소."

총사령관은 다시 한번 감사 인사를 하고 삼겹살과 쌈장을 들고 수하들이 있는 곳으로 걸어갔다.

그리고 잠시 후, 행성 자이온에 삼겹살 굽는 냄새가 퍼지더니 곧 사방에서 감동의 목소리가 흘러나왔다.

"흐읍! 이, 이런 맛이라니!"

"마, 맙소사! 내가 지금 먹은 것이 진짜야? 어찌 이런 맛이 나오지?"

"고기를 이렇게 구워서 먹는 방법도 있었구나. 그보다 이 소스는 뭐지? 이 소스가 고기의 맛을 더더욱 진하게 만들어 주고 있어."

다들 엄청난 감탄사와 함께 정신없이 고기를 굽고 먹고를 반복했다.

그들은 지금 이 순간만큼은 아군 적군 상관없이 삼겹살로 하나 되어 모두가 즐거운 시간을 보냈다.

───

행성 무라트.

무라트족의 고향이자 그들의 어머니와 같은 행성이었다.

전투 종족이 사는 행성답지 않게 아름다운 자연환경과 눈이 시릴 정도로 맑은 강, 호수가 즐비한 아름다운 행성이었다.

무라트족이 이 행성에 가지는 애정도는 상상을 초월하는 정도였기에 그들만의 불문율이 있었다. 그들은 절대로 무라트 행성에서는 자신이 가진 힘을 개방하지 않았다.

무라트족 특성상 그들이 힘을 개방하면 주변이 파괴되고 또 힘을 개방한 상태에서 전투가 벌어지면 무라트 행성에 커다란 상처가 생길 것이다.

이들은 그것을 절대로 용납하지 않았다.

그래서 절대로 무라트 행성에서는 그 어떤 싸움도 훈련도 없었다.

거기에 우주에서 좋다는 비료와 영양제를 가져와 행성 전체에 뿌리고 행성을 가꾸는 데 온갖 정성을 다했다.

이러한 모습만 보면 이들을 우주 최강의 전투 종족이 아니라 자연을 사랑하고 싸움을 싫어하는 평화로운 종족이라고 착각할 것이다.

덕분에 이 행성은 우주에서 가장 아름다운 행성이 될 수 있었다.

그 아름다운 행성 중심에 거대한 성이 자리하고 있었다.

무라트 성.

원래는 무라트족의 족장이 기거하던 성이었는데, 지금은 그들의 왕을 모시는 성이 되었다.

웅장하면서도 자연과 조화를 이루는 이 성안에서 한바탕 난리가 일어나고 있었다.

"폐하께 당했다! 부, 분신을 남겨 두고 사라지셨을 줄이야!"

"네? 그, 그럼 가시겠다고 답변한 것이 분신이었습니까? 어, 어찌합니까? 이미 홍익인간족의 왕은 자이온에 도착했다는 전갈입니다!"

"벌써?"

"초, 총사령관이 서둘러서 이동한 것으로 보입니다!"

"빌어먹을! 최대한 시간을 끌라고 전해!"

"알겠습니다!"

몸에 착 달라붙는 쫄쫄이 같은 옷에 은빛 망토를 두른 거대한 남자, 바로 한때 무라트족의 족장이었던 자였다.

그의 이름은 스필반.

통칭 은빛 사자로 더 잘 알려져 있었다.

지금은 왕 아래 가장 높은 계급으로, 여전히 모든 무라트족을 그가 통솔하고 있었다.

원래 스필반은 왕을 맞이하고 족장의 자리에서 물러나려 했다. 부족을 이끌 왕이 있는데 족장이라는 자리에 앉아 있는 것은 있어서는 안 될 일이라 생각했기 때문이었다.

하지만 왕은 그런 스필반을 붙잡아 두고 계속 그 자리를 유지하게 했고, 칭호 역시 여전히 족장이라고 부르게 했다.

언제나 평정심을 유지하던 그였지만, 지금은 사자의 갈기같이 사방으로 퍼진 은빛 수염이 부들부들 떨리고 있었다.

그의 얼굴은 그들의 왕이 남겨 둔 분신을 향하고 있었다.

"폐하! 지금 어디에 계시옵니까!"

"본체가 어디에 있는지 나는 모른다."

"크윽!"

스필반은 태연한 얼굴로 술잔을 홀짝이며 말하는 왕의 분신을 보며 이를 꽉 깨물었다.

왕은 아니지만, 왕이 남긴 분신이었기에 차마 함부로 할 수가 없어서 참고 또 참는 중이었다.

그런 스필반을 본 왕의 분신이 인상을 찡그리며 자신의 힘을 살짝 개방했다.

"어쭈? 지금 인상을 찡그린 거? 내가 분신이라고 해도 왕의 분신인데?"

"크흡!"

역시 분신이라고 해도 자신들의 왕이 남긴 분신이었다.

그 강함은 한때 우주 최강이라 불리던 자신도 승리를 장담할 수 없을 정도로 강했다.

'과연 폐하시다. 분신임에도 이렇게 강하다니.'

스필반은 분신에서 느껴지는 기운에 잠시 감탄하다가 이내 고개를 세차게 저으며 말했다.

"지금 장난하고 계실 때가 아닙니다! 어서 폐하께서 계신 곳을 말씀해 주시옵소서!"

"장난 아닌데? 내가 처리해 줄게. 홍익인간족의 왕과의 대결. 내가 해 준다니까?"

왕의 분신의 말에 스필반이 잠시 고민을 했다.

분신이긴 해도 자신보다 훨씬 강했다.

'이 정도면 해볼 만하지 않을까? 이기면 좋고 져도 분신이니 그의 강함이 어느 정도인지 파악해서 폐하께 전할 수도 있고.'

스필반은 열심히 머리를 굴리며 무엇이 이득인지 계산하기 시작했다.

그렇게 스필반이 열심히 머리를 굴리고 있을 때, 수하가 다급하게 들어왔다.

"족장님! 족장님!"

"무슨 일이냐!"

"폐하께서 어디로 가셨는지 짐작할 수 있는 단서를 찾았습니다!"

"뭐? 당장 말해!"

숨을 헐떡이며 들어온 수하를 본 족장은 애타는 마음으로 물었다.

수하는 거친 숨을 내쉬며 자신이 들은 내용을 족장에게 말하기 시작했다.

"헉헉! 폐, 폐하께서 얼마 전에 310번 우주에 있는 지구를 궁금해하셨다고 합니다."

"뭐? 310번 우주에 지구면……. 가만, 웜홀 실험과 인간들 강화 실험을 하고 있는 거기 말이냐?"

"그렇습니다."

수하의 대답에 스필반이 재빨리 왕의 분신을 바라보았다.

왕의 분신은 스필반과 눈빛이 마주치자 움찔하며 살짝 눈을 피했다.

"젠장! 그곳으로 가신 것이 맞는군! 거기야!"

"지금 당장 모셔 오라고 할까요?"

"모셔 와? 하하, 그분께서 마음먹고 숨는다면 우리가 찾을 수 없다. 이렇게 분신까지 남겨 두고 가셨다면 마음을 제대로 먹고 가신 거야. 후우, 그래도 일단 폐하께서 어디에 계신지는 알았으니 그것으로 됐다."

그리 말하고는 왕의 분신을 바라보았다.

"폐하를 대신해서 싸워 주신다고 하셨죠?"

"그, 그래."

"그럼 부탁드리겠습니다."

"정말? 정말이냐? 내가 싸워도 돼?"

스필반의 허락이 떨어지자 신이 난 모습으로 방방 뛰며 좋아하는 분신이었다.

'이번 분신은 폐하의 장난기 가득한 인격이 담겼군. 어쩔 수 없지. 일단 부딪쳐 본다. 나중에 문책당하면, 분신인지 몰랐다고 잡아떼지 뭐.'

일단 홍익인간족의 왕과 약속을 잡아 버렸으니 아쉬운 대로 분신이라도 데리고 가 보기로 한 스필반이었다.

⌒⌒

잔뜩 긴장한 채 홍익인간족의 왕이 있다는 행성 자이온에 도착한 스필반.

그는 자신의 눈앞에 펼쳐진 광경을 보며 황당한 표정을 짓고 있었다.

"이게 무슨……."

홍익인간족의 왕과 같이 있으니 긴장감이 넘쳐흐를 것이라 생각하고 왔는데, 긴장감은커녕 사방이 먹고 놀자 판이었다.

여기저기서 웃고 떠드는 소리가 들렸고, 맛있는 냄새도 진동했다. 일촉즉발의 긴장감이 흐르는 장소가 아니라, 축제의 현장이었다.

"오오! 맛있는 냄새!"

왕의 분신마저 침을 꼴깍 삼키며 공기 중에 퍼져 있는 냄새를 킁킁거리고 있었다.

그 모습에 스필반의 이마에 힘줄이 솟았다. 그는 나직하게 왕의 분신에게 주의를 주었다.

"지금은 폐하를 대신해서 오신 것입니다. 부디 체통을 지키시지요."

"그래도 맛있는 냄새가 나는데……."

스필반 역시 군침이 돌았지만, 초인적인 인내심으로 참는 중이었다.

그는 입 안 가득 차오르는 군침을 억지로 목구멍 안으로 밀어 넣으며 총사령관 안단테를 찾았다.

"이게 무슨 빌어먹을 장면이냐! 안단테! 어디 있나!"

스필반의 우렁찬 외침에 왁자지껄 떠들던 현장의 분위기

가 순식간에 얼어붙었다.

족장의 등장에 다들 자신들이 지금 무슨 짓을 하고 있었는지 깨달은 것이다.

다들 재빨리 일어나 몸을 부들부들 떨며 차려 자세로 스필반을 맞이했다.

이들의 총사령관인 안단테 역시 입 안 가득 담겨 있던 고기를 한 번에 꿀꺽 삼키고는 스필반이 있는 곳으로 전력 질주 해서 달려갔다.

"안단테, 홍익인간족의 왕을 데려오라고 했더니 지금 이게 뭐 하는 짓이지? 홍익인간족의 왕은 어디에 있나?"

스필반이 저음으로 으르렁거리며 묻자, 안단테가 식은땀을 흘리면 대답하려 했다.

그때 안단테의 뒤에서 분노의 목소리가 들려왔다.

"스필바안!"

"우리 종족의 원수! 잘 만났다!"

풍백과 운사였다.

그들은 스필반을 보자마자 분노에 찬 모습으로 자신들의 기운을 극한까지 끌어올려 그에게 엄청난 적대심을 보내고 있었다.

그 모습에 스필반이 피식 웃으며 말했다.

"뭐야, 난 또 누구라고. 예전에 뒤도 안 돌아보고 줄행랑을 치던 겁쟁이 재상들이 아니신가? 크크큭, 그래, 오래간만에 보니 신수들이 좋아지셨군."

"닥쳐라! 이놈!"

"이제 너희 무라트족의 그 만행도 끝이다! 너희가 그토록 두려워하던 우리의 왕께서 세상에 나오셨다!"

풍백과 운사의 말에 스필반은 그들을 비웃으며 말했다.

"안단테가 말하지 않았나? 이제 그거 안 통한다고. 우리에게도 너희의 왕 못지않은 왕이 계신단 말이지. 그 옆에 계신 분이 너희의 왕인가?"

스필반의 말에 영웅이 다리를 꼬고 앉은 상태로 이를 쑤시면서 말했다.

"내가 홍익인간족의 왕이다. 거참, 밥 맛있게 먹고 있는 애를 말이야. 체하게. 인간적으로 먹던 건 마저 먹게 해 주고 시작하자."

"크큭, 과연 홍익인간족의 왕이라는 것인가? 대범하군. 남의 앞마당까지 와서 말이야."

"그게 뭐 큰일이라고. 어디 보자, 흠."

그리 말하고는 스필반과 그 뒤에 서 있는 남자를 유심히 살펴보는 영웅이었다.

"흠, 너는 아니고. 너도……. 아닌 거 같은데? 뭐지? 둘 다 별거 아닌데?"

영웅은 스필반과 무라트족 왕의 분신을 번갈아 바라보고는 실망한 눈빛으로 말했다.

영웅의 말에 움찔한 스필반은 거짓말이 들통나는 것을 숨기기 위해 강하게 나갔다.

"무슨 말이냐! 너야말로 홍익인간족의 왕치곤 약해 보이는데? 그렇게 호리호리해서 어디 주먹 쥐는 법이나 알겠나?"

스필반의 말에 영웅이 입에 물고 있던 이쑤시개를 잘근잘근 씹다가 뱉으며 말했다.

"퉤! 주먹 쥐는 법이라. 그건 또 내가 전문인데. 왜? 알려 줄까?"

"흥! 그깟 고사리 주먹에 맞아 봐야 얼마나 아프겠나."

"맞아. 안 아파. 그러니 한 대 맞아 볼래? 설마 피하진 않겠지? 고사리 주먹인데. 그치?"

"그, 그건!"

영웅이 주먹을 말아 쥐며 한쪽 입꼬리를 올리며 바라보자, 스필반은 아차 하는 마음이 들었다.

'비, 빌어먹을. 괜히 나섰나? 하필 이럴 때 칠성좌가 사방에 뿔뿔이 흩어졌으니.'

그놈들이었다면 말하지 않아도 알아서 자신처럼 나섰을 것이다.

하지만 칠성좌 중 몇은 임무를 위해 다른 우주에 퍼져 있었고 몇은 아마 왕을 호위하고 있을 것이다.

스필반은 생각했다. 여기서 저 제안을 거절하면 피하는 모습이 될 것이고, 그러면 자신들이 계획했던 상황이 만들어질 수 없었다.

'일단 혹시 모르니 미리 내가 나서서 최대한 저자의 힘을 빼놓아야 한다. 일단 저자의 공격을 버티고 태연하게 왕의 분신을 치켜세우는 것으로 작전을 변경하자. 후우, 무리를 좀 해야겠군. 당분간 요양을 해야겠지만 어쩔 수 없다.'

스필반은 무언가를 결심한 듯 굳은 눈빛으로 영웅을 노려보며 말했다.

"좋다! 내가 경험해 보지. 너 정도라면 우리의 왕께서 나설 필요도 없겠군."

"호오, 좋아. 나도 너에게 기회를 주지. 종족 변신? 종족 진화? 그거 해."

영웅의 말에 스필반이 미소를 지었다.

종족 진화를 위해 시간을 끌어야 했는데, 알아서 저렇게 가려운 곳을 긁어 주고 있었다.

'다행히 이번 홍익인간족의 왕은 자만심이 가득하군. 그게 너희를 나락으로 가게 만드는 길이 될 것이다.'

"고맙군. 그럼 거절하지 않고 받아들이지."

다음 권으로 이어집니다

판매세계
먼지윈